A ttention
D eficit
H yperactivity
D isorder

學生的教育與輔導

Educating Students with ADHD

謹將本書獻給我的雙親，

感謝他們在我的專業學習過程中

持續不斷地給予完全地支持與協助。

作者簡介

洪儷瑜

現任：
國立臺灣師範大學特教系教授

學歷：
美國維吉尼亞大學哲學博士
　　主修特殊教育
國立臺灣師範大學教育碩士
　　主修諮商輔導

主要著作：
個別化教育方案之設計與執行(民76)
注意力缺陷過動學生之認識與教育（民83）
學習障礙者教育(民84)
青少年社會行為之多元評量(民86)
P.S.你沒有注意聽我說(與李湘屏合譯)（民84）

序言

　　「Attention Deficit Hyperactivity Disorder」簡稱 ADHD，中文正式名稱應為「注意力缺陷過動症」，俗稱「過動症」。在民國 74 年間，個人初接觸特殊教育工作，由於工作所需，有幸以見習的身份參與高雄市立凱旋醫院前副院長施燦雄醫師的兒童門診，而有機會認識它。第一次的接觸，她是一個外型清秀、穿著整齊的小女生，被一對從事教職的父母帶來門診，短短的三十分鐘，我見識到這個心理疾病的威力，它竟能把一個看似淑女的小女生變成一個無法無天的野丫頭，她的劇變就發生在那幾分鐘內，只是我當時納悶，為什麼她會變成這個樣子，我的想法和多數人一樣，一定她的父母沒有教好，或是她故意的。民國 76 年末，我到美國進修博士學位之際，才有機會系統性的認識這個疾病。在夏城(Charlottesville)維大有幸遇到維州政府的 ADHD 顧問 Dr. Ron Reeves，以及負責專注力自我控制訓練專案研究中心的主任 Dr. John Lloyd，和參與自我控制訓練研究多年的 Dr. Rebecca Kneedler，三年餘之修業期間我在他們的指導與協助下，除了學術上的訓練外，也有機會見識美國注意力缺陷過動症患者家長在爭取特殊教育權時的爭論，也見習了「心理疾病統計診斷手冊」第三版修訂版後，學術界對 ADD 到 ADHD 之間的討論，也因參與了夏城的注意力缺陷過動兒童家長協會的活動，親身體會了美國的家長如何自助天助。

　　回國以來，一直保持對這群特殊孩子的關心，也由於關心才有機會深入瞭解國內一般相關專業對此症之認識的粗淺。基於推廣正確概念的動機，民國 83 年，在台北市立師院特教中心主任吳純純教授的支援下，才得以將個人過去的學習經驗整理成書，「注意力缺陷及過動學生的認識與教育」。初版定名之時，我堅持採用又臭（很難聽）又長（八個字）的正式名稱，而不願入境隨俗採用『過動兒』一詞，主要是因為我想藉由名稱來說明此症的主要症狀，他們的症狀不應只是過動，甚至可能有些患童並沒有過動的症狀；我也不採用國內其他對 attention deficit 所翻譯之「注意力不足」，因為我的專業訓練告訴我，他們的注意力問題可能不只是「不足」而已，甚至可能是其他方面的注意力問題，因此我堅持採用比較難聽的「缺陷」一詞，至少它包括了不足以外的注意力問題，不會讓人望文生義而會錯意。隨著「心理疾病統計診斷手冊」第四版（DSM-IV）以及新近研究的發現，我在中文名詞上也去掉了「及」以配合英文「attention deficit /hyperactivity disorder」中「／」的意思。最後，因出版商的專業建議下--書名不能太長，他們可能擔心有讀者記不得或唸不完標題。我在自己與出版商二者的專業要求下，只好時髦一些，讓書名變得洋化一點，而採用英文縮寫，希望不會讓愛國的同胞們排斥，更希望不會讓討厭英文的人自信心受挫。

　　民國 83 年至今，在各方之協助下，才有機會繼續廣泛的涉獵這方面的知識與經驗，除了維大的恩師們繼續的指導外，在美國的好友們，經常推薦甚至贈送有關 ADHD 的書籍，本系的王華

沛教授、高師大的鈕文英教授，以及現仍在美國的何美慧博士和張聆容女士，在這段期間都對本書有直接的貢獻，至少參考書目有幾篇是他們捐的，甚至上個月張女士還特地寄來一份有關美國批評濫用「利他能」的新書簡報。在大家的支援與督促下，不得不用功些。當發現新的知識越多，對於民國83年版之內容就越不滿意，尤其發現它未徵詢我修正的意見一再的再版，仍為多數人流傳使用時，對於更新之工作就越是焦急。只因事務繁忙，雖很想更新但卻遲遲未能動筆，只好讓我的學生一屆一屆的期待，也一屆一屆的失望，去年我的一位學生曾對我抱怨「老師，我一進來就等著你的書，我們都要畢業了，你的書到底什麼時候出來。」身為一個教師，受到學生因求知慾未被滿足所提出的抱怨，似乎也讓我感到另外一股壓力。

本書應於一年以前就該完成，由於這段時間不務正業身兼他職，讓自己一直無法專心寫作。今天，它之所以可以完成，除了要感謝我的雙親過去的栽培外，近年來他們不計較我怠忽子女之責，讓我得以充分利用空閒時間；也要感謝過去曾經參加ADHD專業種子教師訓練的老師們，他們對我的講義（本書的前身）的回饋與經驗分享，讓此書更加充實，以及家長們的問題與壓力讓我不至於怠惰，與有機會進一步學習；另外，這一、二年我的助理們（佘曉珍、黃裕惠、呂美娟）對工作之盡心投入，讓我無後顧之憂的專心研讀與寫作，功勞也不可沒；本系碩士班研究生黃文蔚、鄭惠霙、黃裕惠，願意把他們學位論文放在這個不叫好（不好走）又不叫座（不易被認同）的領域，由於他們的參與，加速

了很多技術在國內的運用，因此他們的貢獻更是值得肯定；最後
完成的這段時間，過去特教系學生陳慧玲老師協助設計封面，陳
詩翰、蘇愛婷協助插圖，家姊負責電腦編輯，學生陳秀芬和許尤
芬幫忙文字潤飾與校對，以及心理出版社編輯陳文玲小姐、吳道
愉先生配合趕工，與總經理許麗玉女士的大力協助，她（他）們
也都是需要致謝的幕後英雄。

　　在大家的協助下，本書得以匆促完成。基於過去這幾年在
國內特殊教育與相關專業之生態下所得的教學經驗與研究心得，
將有關注意力缺陷過動症學童之最新知識與技術與國人分享，期
藉由分享而達成共識--認識他們、教育他們。本書內容恐因個人
才識之限，疏漏不週之處，尚祈見諒，亦請不吝指正。

　　　　　　　　　　　　　　　　　洪儷瑜
　　　　　　　　　　　　　　謹筆於　台灣師大博愛樓
　　　　　　　　　　　　　　　　　　　87, 4, 12

目　錄

第一章

認識過動問題

導讀問題：

1. 過動問題與一般活潑好動的特質有何差異？

2. 校園內發現不專注、安靜不下來、活動量多的孩子，
   其過動問題可能的原因有哪些？

3. 哪些環境因素會造成學童安靜不下來、無法專心？

4. 哪些疾病的學童在外表上會和過動兒類似，出現無
   法安靜下來、無法專心等問題？

5. 為什麼要確定過動行為在個人與環境之間的功能關
   係？如何確定？

　　過動兒的問題近年來受到國內的重視，無論在校園中、家庭或社會都開始覺察到一群靜不下來的孩子。在認識何謂「過動兒」以及詢問怎麼教育輔導這些孩子之前，宜先對過動問題做下列兩點的澄清，過動和好動、活潑有什麼差異，與過動問題所代表之可能的意義有些？

　　「過動」(hyperactivity)和活潑、好動、精力過盛等名詞並不相同，其意謂著不適當且不能自我控制的活動(Kauffman, 1993)，因此，「過動」被視爲是兒童的問題行爲之一，而好動、活潑被視爲孩子的氣質與特質，並沒有好壞之判斷。一般人常把「過動」的和活潑、好動、精力充沛混淆，甚至互爲同義詞，未能注意到所謂「問題行爲」之「不適當性」與「無法自我控制」兩項要件，因此就會容易把問題與特質混爲一談。因此，所謂的過動問題，必須意味著孩子的活動可能和情境的要求、年齡、性別或是社會文化標準不符合，而且這個問題不是他動機或意願可以控制的。

　　臨床上發現，教師或家長因孩子出現過動問題而轉介或求助於專業協助的，常可區分爲三種不同的類型，包括注意力缺陷過動症(attention-deficit hyperactivity disorder；簡稱 ADHD)、類似注意力缺陷症的過動問題(add-like disorder) 或稱假性過動兒、與一般的過動行爲問題。教師與家長常把這三者混爲一談，一味的認定

只要在學校或家庭出現活動過多、靜不下來、無法專心等行為，即稱之為過動兒（或稱注意力缺陷過動症，見註一）。因此本書在介紹注意力缺陷及過動症之前，先介紹與這種症狀容易混淆的問題行為，也建議讀者先認清這三種類型之差異，簡單的區分方法，甚至應有之輔導或轉介措施。

第一節　過動問題的類型

一、一般過動行為問題

　　一般臨床轉介之過動問題學童，約有半數以上屬於一般的過動行為(hyperactive behavior)，此問題可能由於環境或個人條件造成個人對環境之不適應所造成的。早期研究者關氏(Chess，1960)曾認為過動是一種行為症候，可能沒有生理因素，美國著名的學者巴克雷(Barkley，1990)也提出有些過動行為是因學習經驗造成的，這些過動行為問題則是一般過動行為問題。行為學派學者史基納(Skinner，1953)曾用行為分析的方式研究不專注和衝動的問題(引自 Barkley，1990)，史基納指出注意力和衝動代表著環境刺激和個人行為間的功能性關係(function relation)，當環境的刺激和個人的行為關係很低時，即代表個人並未注意到環境，當個人無法等待環境刺激的出現，而作出不正確的行為反應，則稱為衝動，這種行為與環境間的功能關

係之形成是受個人學習經驗的影響，因此，有些過動、不專心的行為是可能由學習經驗獲得的。柯永河（民 76）也指出一個人的注意行為不只受先天條件之影響，學習歷程的經驗也可能是重要的影響因素。心理學家也發現注意力或安靜專注的表現也會受環境或其他外在因素的干擾，很難由個人外表的表現斷定。影響學童出現過動問題的可能因素有環境、個人或管教方式等。環境影響注意力表現的原因可能有學習內容太難、太簡單或是太無趣；個人因素包括年齡、性別、生理健康因素或是心智發展狀況；管教因素可能是由於父母管教不當、指示不明確、忽視常規訓練等。以筆者在臨床上經學校教師轉介的兩位個案為例，教師因他們在教室中過動和不能專注於課業，懷疑他們有注意力缺陷過動症，這兩位學童在學校雖表現出活動過多、無法專注，像注意力缺陷及過動症的特徵，然而在筆者詢問之下發現，他們竟然在他們喜愛而且符合其智力水準的工作上，（其中一位同學經由鑑定被發現在魏氏兒童智力測驗測得智商 132）表現出優於同儕的專注和安靜，如閱讀較高層次的課外讀物、樂高益智活動或進行手工藝品創作等，他們在這些方面的興趣和成就和他們在學校教室中的表現截然不同，然而這些表現都不是教師在教室課堂上容易發現的，這兩位個案所表現的過動問題，顯示出他們在經驗中學習用過動行為的表現來幫助他們對環境學習內容不當的適應方式。因此，這類問題的處理應異於由生理因素造成之注意力缺陷過動症的過動問題。這類問題常可以由環境或問題出現的情境找到問題原因，找出過動行為與環境之間的功能性關係，才是解決這類型過動問題的重要步驟，本章隨後將詳述具體之作法。

二、類似注意力缺陷症之異常所致過動問題

誠如「心理疾病診斷及統計手冊」（DSM）診斷注意力缺陷的標準中必須排除精神分裂、情感性疾病、或重度智能不足等因素造成的過動問題，Popper(1991)指出有些學童的表現看似注意力缺陷過動，而且也會出現注意力缺陷過動症的三項症狀之其中一或二項，但仔細經由專家診斷，他們可能會得到不同的診斷名稱，而且他們問題所需要的治療或介入(intervention)策略也和注意力缺陷過動症的學童不同，Popper 稱這類學童為類似注意力缺陷症之異常(add-like disorder)，國內也有人稱之為假性過動症。據台大醫院心理衛生中心主任宋維村醫師(民 73)表示，以過動為診斷特徵的病名起碼有三十種以上，因此，教師和家長不宜只以活動過多之表現即斷定孩子是注意力缺陷過動症，就像不能因孩子發燒就斷定孩子一定是感冒，因為發高燒的可能疾病很多，必須找到發高燒可能之真正問題才能對症下藥。臨床上常見可能產生類似注意力缺陷症之過動問題的問題有憂鬱症、壓力下的焦慮或生理因素造成的焦慮症、被虐待或被忽視而致的人格發展受損、精神分裂、自閉症、智能障礙、發展遲緩、抽搐性動作障礙(tic disorder)或其他生理疾病，甚至有些長期服用某些藥物的學童，如抗癲癇、抗氣喘的藥物，也可能產生類似注意力缺陷症的過動問題。臨床上常發現有些學童因上述症狀被誤認為注意力缺陷過動症，不但接受了錯誤的處理，而且也延誤了正確治療的時間，徒增學童的損失。

三、注意力缺陷過動症

　　注意力缺陷過動症（attention deficit hyperactivity disorder，簡稱 ADHD）是一種兒童行為異常的疾患，美國精神醫學學會（American Psychiatricl Association），簡稱 APA 所出版的「心理疾病診斷及統計手冊」（Diagnostic and Statistical Manual of Mental Disorders，簡稱 DSM）指出這是兒童期、青少年期的一種心理疾病。這種疾病被列為干擾性行為異常(Disruptive behavior disorders)所屬之一種疾病，這種疾病之主要診斷症狀有不專注、衝動、過動三種，美國學者 Barkley(1990)指出注意力缺陷過動症學童主要的特徵有不專注(inattention)、行為抑制困難(behavior disinhibition)、過動(hyperactivity)、規範性行為習得缺陷(deficient rule-governed behavior)和工作表現不穩定(greater variability of task performance)。本書自第二章起將詳細探討注意力缺陷過動症，在此恕不贅言。

第二節　三項過動問題的區分診斷

　　上述三種不同的類型的學童，雖表面會出現共同的現象，活動量多、靜不下來、不易專心等，但由於它們的主要問題不同，因此在

診斷、教育和介入的重點也有所不同。爲避免錯將其他兩類的過動問題當做注意力缺陷過動症處理，或是貿然的建議採用注意力缺陷過動症之治療方法，筆者建議教師、學校輔導人員或專業人員先對轉介之過動問題做區分性診斷，再針對其真正的問題去處理，才能針對學童之問題對症下藥，否則易造成誤診與誤導的現象。本文根據三類問題的性質提出下列三步區分程序，供做轉介前參考，參見圖 1-1。

一、過動問題之跨情境性

　　首先，先瞭解學童之過動問題是否會出現在不同的情境或是只限於某些情境，如圖 1-1 所示之第一步。因爲注意力缺陷過動症之診斷在最新的診斷標準（心理疾病診斷及統計手冊第四版，又稱 DSM-IV）增加了問題必須出現在不同的情境的條件，美國學者 John Lloyd(註二)和 Robert Reid(註三)建議診斷注意力缺陷過動症時應考慮情境的因素，且認爲跨情境與否可能是一般過動問題與注意力缺陷過動症主要的差異。再者，就注意力缺陷過動症之生理原因而言，其缺陷應不太受情境的影響，就像一個肢體障礙者之行動不便應不受情境之影響，雖然注意力缺陷過動學童可能在某些情境可能會有較佳之表現，就像肢障者在有些環境下行動自足，但其先天主要的缺陷可能仍看得出其行動力與一般學童不同。

　　考慮該學童之過動問題是否爲跨情境的(cross-situation)或不受情境影響的(situation-free)，在這一步驟中，可以詢問「孩子是否在某些情境下可以安靜從事一件事，或是專心完成一件事」或是「孩

子是否在某些情境下不會出現教師或家長抱怨的過動行為問題」，再由該學童可以安靜專心之情境與出現過動問題之情境兩者的差異，瞭解該學童是否可以獨立(無大人提醒或督促的)或不受周圍環境的人事物干擾分心（旁邊有人從事其他活動），持續(不會從一項活動跳到另一項活動)安靜的進行一件需要專注力的活動，這些活動可以是兒童感興趣的活動，包括看電視節目(非廣告)、閱讀、繪畫、手工藝或玩樂高積木等，如果兒童可以獨自（無人督促）或是在有他人或物的干擾之下，仍能安靜專心於一件活動或事物一段時間(依兒童發展年齡而異，20-40 分鐘不定)，雖然他們在某些情境下可能出現過動或不專注的問題，但他們患有注意力缺陷過動症的可能性就小多了，畢竟孩子是可以控制自己有正常之注意力和行為控制力的表現。所以很多美國小兒科醫師在診斷注意力缺陷過動學童時，常問求診的家長，小孩是否能一個人安靜地玩樂高之類的問題來作為診斷之參考。

二、是否有其他伴隨問題

過動問題之出現會受情境影響者，除了可能為一般過動問題外，也有可能因其他疾病或障礙所造成的，因此瞭解學童除了出現過動問題外是否伴隨其他疾病或障礙之特徵，可供判斷學童是否有可能為假性注意力缺陷過動症，而其問題又有哪些。常見的容易被誤會為注意力缺陷過動症之疾病或障礙包括有心理疾病診斷及統計手冊第四版(DSM-IV)所排除的精神分裂、情感性異常、焦慮性異常、中重度智能障礙、或自閉症等，或是其他可能的障礙，如學習障礙、聽力障礙或抽搐性

動作障礙（tic disorder），表 1-1 特列出上述疾病或障礙之診斷特徵供參考，如發現學童除了過動問題外，還有上述某一障礙之診斷特徵，則應就該類問題轉介到兒童精神科進行診斷，如果發現學童氣喘、過敏等症狀，可以詢問其疾病史與用藥情形，必要時可以轉介小兒科或諮詢其主治醫師有關學童藥物治療與可能之副作用情形，以便提供適合學童之教育輔導措施。

三、注意力缺陷過動症的鑑定

在排除第一和第二個過動問題的可能性後，如果兒童在主要生活情境均出現過動問題，或沒有上述其他疾病之特徵，而且過動的問題在入小學前甚至更小年紀時即出現者，則該兒童患有注意力缺陷及過動症之可能性就極高了，此時則可進入圖 1-1 的第三步驟，進一步鑑定該兒童是否罹患注意力缺陷過動症，有關診斷方式參見本書第五章。

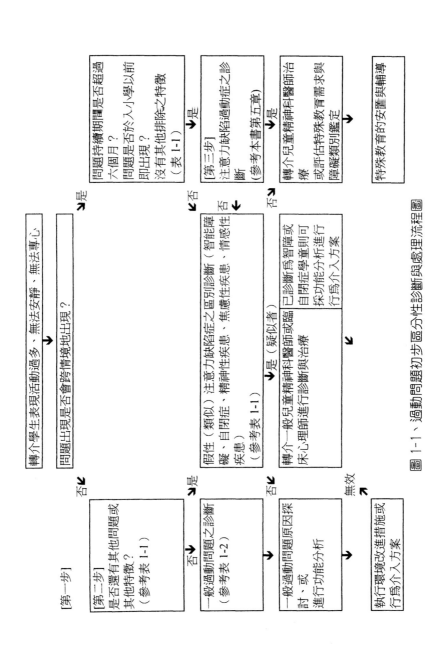

圖 1-1、過動問題初步區分性診斷與處理流程圖

表 1-1、類似注意力缺陷症之有關疾患或障礙之診斷標準與特徵

可能疾患或障礙		常出現之特徵
智能障礙	<ul><li>心智功能低下或智商 50 以下(智商 70-50 之間有可能並存 ADHD)</li><li>生活適應功能有問題</li></ul>	1.普遍性的學習能力不佳 2.各方面的學習緩慢 3.生活適應能力有困難（自我照顧、語言溝通、團體生活）
自閉症	<ul><li>口語或非口語溝通的困難</li><li>顯著的社會互動困難</li><li>固定、有限的行為表現模式</li><li>二、三歲以前即出現症狀</li></ul>	1.語言溝通有困難 2.不會適當的與人互動 3.固執的重複某些行為或活動 4.嬰幼兒時期即出現
抽動性障礙（杜瑞氏症、慢性動作或抽搐性動作障礙）	<ul><li>經常性的出現突然、快速、無規律性的刻板性的動作或發聲</li><li>持續一年以上，中間未見症狀中斷超過三個月</li></ul>	1.經常突然出現快速抽搐式的動作 2.經常出現無意義之發聲或髒話，但內容與情境無關
兒童精神疾病（兒童失調性異常）	<ul><li>在口語或非口語溝通、人際互動、遊戲和適應行為之發展嚴重遲緩</li><li>兩歲以後出現</li></ul>	1.語言溝通有困難 2.不會適當的與人互動 3.固執的重複某些行為 4.出現年紀較自閉症晚
情感性疾患（躁鬱症、鬱症）	<ul><li>情緒方面：單極或兩極端的情緒反應，浮躁不安、易怒、敵意、興奮、好交際或悲傷</li><li>認知方面：精神散漫、誇大妄想、思想跳躍、判斷力差、或是自責、思考緩慢或悲觀</li><li>生理方面：睡眠少、精神佳或差</li></ul>	1.情緒變化大，規律性地出現單極（或雙極）的情緒 2.出現右列情緒、認知、生理或行為特徵 （續下頁）

	● 行為方面：好管閒事、說話多且快、亂花錢或動作慢	
精神分裂症	多數發病於青少年到 30 餘歲 幻想、幻聽 語無倫次 行為狂亂無序	1.情緒變化無常或過度冷淡 2.語言或思考內容與事實不符 3.持續性出現刻板的行為或語言
焦慮性疾患（恐慌性疾患、恐懼症、強迫性疾患）	在特定情境會系統性的出現失控式的異常行為反應（恐慌、不安、靜不下來）	在某些情境下會出現與異於平常的行為反應，例如焦慮、不安、多話、哭、生氣、暴怒、反抗或強迫性行為（如洗手、來回走動）

資料來源：APA(1994)：DSM-IV 與沈楚文等著（民 83）：新編精神醫學。

第三節　過動問題的診斷與輔導

　　一般過動問題可能受環境因素、個人或管教因素所造成，在圖 1-1 的診斷流程之右邊步驟，可利用表 1-2 中提供參考的問題探討可能之環境因素，教師可綜合問題的原因是否與物理環境有關，如 1 到 5 題中所涉及之原因，有學習內容難易度不當，則應改善學習的內容符合其程度，或是提供孩子適當的協助，如孩子缺乏興趣或無法滿足孩子的心理需求，則應調整學習或活動方式，或是提供適當之協助，或是大人期待不當，則應調整期待與要求。傳統上，教

師或家長會認為孩子應該學習適應不當的環境，但是如果孩子在上述原因下系統性出現過動問題，即表示孩子以此問題行為來表示他對環境的適應有困難，如果師長不及時瞭解，給予必要的協助或改善，會導致孩子因為長期自覺無法改善現況，而發展出習得無助感（learned helpless），演變成對學習或成長缺乏動機，對周圍環境不在乎，或是利用更嚴重問題行為來表示他對環境的抗議，這是目前校園中常見的現象。

　　表 1-2 中的第 6 題主要在探討過動問題與生理之關係，如發現孩子會出現藥物副作用，除了要家長與醫師商量或諮詢小兒科醫師是否可以重新調整藥量外，教師和家長的接納與協助，對這些因生理因素無法控制自己行為表現之孩子的成長，也是非常重要的。

表 1-2、一般過動問題可能原因的診斷參考

探 索 的 問 題	可能的原因	建議改進之道
1.是否只在某些情境才出現過動的問題？ 在那些情境會出現過動問題？ 在那些情境不會出現過動問題？ 在出現過動問題與不會出現的情境有哪些差異？	● 出現問題之情境的因素如時間、人、活動性質、環境	● 改善物理環境不適當的條件 ● 針對環境之要求訓練孩子應有之適應策略 ● 取消環境不當的增強
2.他的過動問題和其同年齡、同性別的同儕相比，是否有顯著的差異？	● 大人的要求過高或過少	● 調整大人之要求
3.是否曾抱怨所參與的活動或所從事的工作，或是工作、活動相關的人、事、物？	● 對該情境或活動沒興趣、或（無法獲得應有的滿足）（受到不適當之壓力）	● 減少環境中的壓力 ● 改變活動性質或內容以提高孩子的興趣 ● 提供適當的協助
4.在該情境所從事的活動或學習內容與孩子平時之表現相比是否符合他的個性、能力或表現水準？	● 工作難易度不適當 ● 工作性質不適合他的個性、年紀或喜好	● 增加或減少難度、速度、或份量 ● 提供適當的協助
5.所要求之活動或工作之長度或情境是否與孩子平時之習慣的差不多，是否符合孩子可以容忍的？	● 工作長度不適當 ● 工作性質非孩子熟悉的	● 放慢速度或進度 ● 逐步讓孩子有時間去熟悉 ● 增加活動之間的休息次數
6.孩子是否有服用抗過敏、抗氣喘或抗癲癇之藥物？ 在孩子未服用藥物之期間是否有相同之問題？	● 藥物副作用	● 接納其副作用 ● 安排適當的活動

　　如果過動問題不易由表 1-2 找出可能的原因,利用系統化的方式會更精確的診斷出過動問題與環境之間的關係。史基納認為過動不專注的問題可能是學習得來的,因此對一般過動問題也可以利用功能分析(functional analysis)的方法探討過動行為和環境的功能關係,利用行為學派的再學習之方法,重新建立個人與環境之互動關係。就一般個人的行為在環境中可能的功能,包括獲得內在刺激、獲得外刺激、逃避內在刺激和逃避外在刺激等(O'Neill et al., 1989)。

一、 行為與環境之功能

　　就行為學派強調之行為之養成建立在刺激與反應之間,後來修正為刺激、個體與反應之間的關係,參見圖 1-2。每個行為之出現會受行為表現前之刺激、個體之條件或行為後之結果影響。所謂「逃避外在刺激」之功能,係指個人行為的出現旨在逃避環境中個人所不喜歡的刺激,例如課業太難或無聊、逃避害怕焦慮之人、物品或情境,在此功能下,可發現問題行為的出現會與行為出現前的刺激呈現系統性的關係,正如圖 1-2 之刺激(S)包括有學習材料、環境、因素、時間或人等刺激變項;「逃避內在刺激」係指個人行為的出現旨在逃避個人內在刺激,包括不舒服、不愉快的感覺,例如飢餓、焦慮、恐懼、疼痛等,即為圖 1-2 之個人因素(O),這些行為可以發現個人的問題行為之出現會與個人的內在條件有關係;獲得內在刺激或外在刺激,係指行為的出現之後個人均會獲得某些具有增強意義的反應,這

些反應包括有生理性（食物、感官刺激）、社會性（注意、與人互動、讚美）、或是活動性的滿足。根據功能分析的結果方能對症下藥，因此功能分擬定行為介入方案(intervention)時，是必要的步驟。

二、功能分析之實施方式

確定問題行為對行為者個人所產生的功能之程序稱之為功能分析（functional analysis），艾華達等學者（Iwata et al., 1990）認為使用功能分析之優點有三：(1)可以提供較正確的資料設計增強策略來改變行為；(2)可以協助發展一套有最少介入到最多介入之系統化行為改變計畫；(3)發展完整的、治本的行為介入計畫，協助個人

	S 刺激 ➜	O 個人 ➜	R 反應
(原因變項)	學習材料 環境因素 時間 人	生理狀況 能力 情緒反應 心理需求	增強 （積極增強、消極增強） 懲罰（或隔離）
(因應策略)	有效的教學活動 教室的布置與安排 材料與設備 減少空閒時間 課程時間的安排 建立學習規律 教室規則	替代性行為的訓練 問題解決能力的訓練 觀念（認知）的重建	執行行為標準化（一致性）的增強 建立不同增強程度的連續線 有有效的執行懲罰計畫

圖 1-2、刺激、個人、反應三者之談相關變項與因應策略

對環境之適應能力。艾華達等學者綜合功能分析現有的程序，分成三類，間接評量、描述分析或系統操作等方法(引自洪儷瑜，民 81)。

(一) 間接評量(indirect assessment)

間接評量主要是由熟識行為者之行為的重要第三者來敘述行為者的問題行為之發生，這種方法實施起來比較容易，而且也省時省力，但由於是透過第三者主觀意見的評量，其可信度和正確度令人懷疑。目前間接評量的實例有三種：

第一種是美國歐尼爾等人(O'Neill et al., 1989)所設計的「功能分析訪問表」(Functional Analysis Interview Form)，此表於民國 80 年臺灣師大暑期特研所中學班一年級學生曾在筆者的指導下共同翻譯並印製成中文，名為「功能分析晤談表」。另外，雙溪啟智文教基金會也於民國 80 年夏邀請美國奧瑞崗大學歐尼爾教授到臺灣進行研討會時提供中文翻譯版本，參考附錄一。

第二種是 A-B-C 問卷(Antecedents-Behavior-Consequences Questionnaires)，主要由第三者說明行為發生前的情境(也稱前事，antecedents，簡稱 A)，行為發生的形態(behavior，簡稱 B)，和結果(consequences，簡稱 C)。國內雖然尚未見中文修訂或運用相關量表，但筆者與筆者學生（黃裕惠，民 87）曾利用附錄三之「前後事件分析記錄表」作為訪問第三者之分析記錄表之用。

第三種是由第三者在已設計好的題目加以評量，杜瑞（Durand，1988)所設計之「動機評估表」(Motivation Assessment Scale，簡稱 MAS) 即為此例，筆者依杜瑞的「動機評估表」的架構編製適合過動問題行為的「過動行為功能性評量表」(簡稱 HYMAS)，該表可運用

在診斷一般過動問題之主要功能，該量表共 16 題，主要由對兒童過動行為瞭解者依五點量表評量，主要結果可分為自娛、逃避、要求注意力和要求明確事物等四項因素，詳見附錄二。由於過動問題在不同情境可能有不同功能，因此，必要時需依據不同情境分別要求相關的大人（不同科任教師、家長）填寫。此量表目前僅使用於臨床輔導工作，其信效度研究尚待進一步研究，但因其簡單易實施，且可以提供參考的輔導策略，值得推薦給對行為功能分析較不熟悉之教師參考使用，也可以作為其他較嚴謹的功能分析方法的前導。

（二）描述分析(descriptive analysis)

描述分析主要由評量者直接觀察行為者在自然情境下所發生的問題，並做有系統的觀察記錄，描述分析可以比較客觀及真實地收集到行為發生的資料，但人力和時間上卻也顯得較不經濟，同時，描述分析有時不能夠觀察到被其他因素所掩住的不明顯因素或中介變項，例如用不同行為達到相同的功能，其中較少出現的問題行為或其中某一問題行為也被利用來達到其他功能時，這些情況都是在有限時間的觀察評量所無法偵察得出來。相同地，描述分析也有三種運用範例：第一種是歐尼爾等人(1989)所設計的「功能分析觀察表」(Functional Analysis Observation Form)：中文版詳見雙溪啟智文教基金會在民國 80 年暑假之研討會講義。投奇特等人（Touchette et al.,1985)所設計的「散佈圖表」(scatter plot)，將行為的發生依所設計的變項之表格記錄，以看出行為和某些變項之間的特定趨勢。另外，筆者所設計「前後事件分析記錄表」也是一例，詳見附錄三。

（三）系統化操作(systematic manipulation)

系統化操作主要是以實驗設計的方式來探討可能的問題行爲功能和問題行爲之功能性關係(functional relationship)，其主要透過系統化和一再重覆的實驗操作來得知問題行爲的主要功能。系統化操作和前兩者方法相較之下，可以提供較客觀且較明確的功能資料，但它在人力和時間上顯得不經濟，而且因爲實驗的操作，所觀察到的行爲並不是在完全自然的情境下表現的，因此，此法容易造成問題行爲產生新功能的危險。所以歐尼爾等人(1989)建議在使用系統化操作法之前，先利用前面其他兩種方法之一找到可疑的功能。筆者(民 81)曾介紹一個先運用「動機評估表」，再利用系統化操作確定一個中度智障學生之過動問題行爲之主要功能，在「動機評估表」發現個案之過動問題的可能功能有逃避和要求注意力的案例，之後再經系統化操作提供高度和低度注意力，以及困難的作業和簡易有趣的作業四種情境交互比較，結果發現個案的過動問題主要是在要求注意力。

三、改變行爲之介入方案

改變行爲之介入方案可以依據功能分析之結果擬定，介入之方向也可以依據圖 1-2 之刺激、個人與反應來擬定。史克羅司和史密司(Schloss & Smith, 1994)曾針對不同之行爲原因建議教師在教室內可採不同的介入策略，分由行爲前事項亦稱刺激、個人與行爲後果亦稱反應等三方面採用不同之介入策略，詳見圖 1-2。

　　1.改變行為前事項的行為介入策略：包括兩方面，增加有利於學生學習或自我控制之變項，例如進行有效之教學活動、課程時間的安排適合學生之需求、教室內建立學習規律與教室規則，並且協助學生建立行為規範，所以很多文獻建議提供能力或自我控制較差的孩子，高結構性的學習環境是有幫助於他們的應。另外，須減少或控制干擾學生學習的變項，例如教室的布置與安排考慮避免學生間之干擾與分心、材料與設備避免學生之分心，減少空閒時間或適度的安排學生如何打發空閒時間以及降低或增加學習內容的難易度或速度。上述策略均是針對減少因事前變項所引起的過動問題行為，或旨在逃避外在刺激的問題行為。

　　2.改變個人變項之行為介入策略：當發現孩子的問題行為旨在逃避或獲得內在刺激，而這些所逃避的刺激又無法避免時，或是個人必須的需求，例如人際互動或讚美時，此時可以考慮利用改變個人之特質或行為之策略，例如替代性行為的訓練、問題解決能力的訓練、這些也被稱之為功能等值訓練(functional equivalence training)（張正芬，民 86），主要在訓練行為者以適當的行為去獲得相同的功能。除了行為之改變外，也可以試圖改變行為者的觀念或情緒反應，例如理性思考的訓練，學習以不同之角度看問題，或訓練對同樣情緒有更多之可能的反應（也稱情緒管理）、或是放鬆訓練等。

　　3.改變行為後果之行為介入策略：當發現孩子的問題行為旨在獲得外在刺激的問題行為時，如何有效的建立增強系統則是重要的，例如減少對問題行為提供不當的增強、系統性、一致的執

行增強（例如區別性增強）、建立不同增強程度的連續線逐漸減少、以及有效的執行懲罰計畫，也善用不同之程度的懲罰包括隔離、剝奪，不要執意採用傷害性高的嫌惡式懲罰。

在筆者指導台北市國小特殊班教師的案例中，部份案例就發現老師採用功能分析的觀點去設計改變行為之介入方案的成效（施顯炫、洪儷瑜，民 85），例如文林國小黃玉珠老師發現過去錯誤的增強對學生哭鬧的行為無效，同樣是改變行為後果的策略，黃老師改用剝奪他不當的增強（社會注意力），卻發現哭鬧行為顯著下降。碧湖國小的楊錦華老師發現教材（行為前的事項）才是影響智障學生的不專心的問題行為，採用簡化教材和改變教學方式，結果顯著的減少學生之不專心問題行為。另外，雙蓮國小施慧淳老師針對一位聽障兼有注意力缺陷過動症學生採用改變個人變項之方式，訓練學生自我控制（本方法將於本書第六章介紹）。因此，不論學生的障礙類型、問題行為、性別、年齡是否相似，在瞭解個別差異與行為形成的意義之後，師長就應認識成功的輔導必須個別化的設計與執行改變行為之介入策略。

附註：

一、本書所指注意力缺陷過動症(attention-deficit/hyperactivity disorder)乃依 DSM-IV 的用詞，涵義除非另外註明，否則包括所有類型，有關詳細內容可參考本書第二、三章。

二、指 John Lloyd 在 Behavior 網路談話時針對"Cognitive silence"所發表之意見，見於 May 5, 1993。

三、指 Robert Reid 在 Behavior 網路談話時針對"Cognitive silence"所發表之意見，見於 May 5, 1993。

第二章

注意力缺陷過動症的歷史發展

導讀問題：

1. 在過去的歷史中，人類對注意力缺陷過動症之認識有哪些變化？

2. 爲何 1970 年代是注意力缺陷過動症的黃金時代？

3. 1980 年代對注意力缺陷過動症的主要爭議有哪些？

4. ADD、ADHD、ADDnh、ADDH 各代表什麼？有何差異？

5. 我國在注意力缺陷過動症之因應工作上有哪些亟待加強？

　　早在人類文明發展的歷史中，就曾陸續看到類似注意力缺陷過動症的個案描述，著名的有希臘醫師蓋倫(Galen)的治療方法，他以鴉片治療靜不下來、易怒、愛哭的嬰兒(Goldstein & Goldstein, 1990)，德國醫師霍夫曼(H. Hoffman)於 1854 年創用「過動症候群」一詞(宋維村，民 71)，到 1890 年代，醫學界已確定腦傷的病人會出現類似智能障礙個體所具有的不專注、易衝動、和靜不下的問題(Goldstein, et al., 1990)，而德國醫師在「動個不停的菲力」(Fidgety Phil)詩中也提及「動個不停的菲力」(Barkley, 1992)（參考表 2-2 之重要事件表）。但一般認為正式開始研究注意力缺陷過動症的應是史帝爾(G.Still)，從史帝爾的研究至今，在注意力缺陷過動症的研究上被分為五個主要的階段，在此依據個階段對此症之研究重點定名為腦傷研究時代、過動症時代、注意力缺陷時代、診斷標準爭議時代、與整合核心症狀時代，各階段之代表年代與重點如表 2-1。

表 2-1、注意力缺陷過動症發展的五個重要階段之年代與研究重點

年代	1900-1960	1960-1969	1970-1979	1980-1989	1990-至今
重點	一、腦傷研究	二、過動症	三、注意力缺陷	四、三項症狀、次類型	五、整合核心症狀

第一節　　腦傷研究時代(1900 到 1959)

　　二十世紀初期對於這方面的著作都在探討中樞神經系統受傷後的各種症狀，歐洲的史帝爾和崔喬得(A. Tredgold)以及北美的史特勞斯(C. Strauss)被認為是這階段的重要學者(Barkley, 1990)。

　　在 1902 年，史帝爾以「道德控制力缺陷」(defect in moral control)描述此症的特徵,,他認為此症的原因是由於受傷、疾病、遺傳和環境經驗所致，通常發生在八歲以前，他也曾以認知心理學家傑姆斯(W. James)的理論，研究暴力、道德控制和注意力持續的問題和神經生理的關係。然而，由於當時醫學界仍對智能或道德方面的缺陷有不正確的認識和誇大的說法，如腦傷兒童會因其攻擊行為而威脅其他兒童的安全，因此他不認為在早期兒童階段的症狀是可以改善，而建議將他們安置在特別的機構中。稍後，崔喬得(1908)發現早期輕微未被察覺的癥兆，會造成日後行為和學習的障礙，雖然他肯定了環境的改變和藥物治療可以暫時的改善兒童的學習或行為，但他和史帝爾仍認為這症狀的傷害應是永久(Barkley, 1990)。

　　到了 1920 年代，北美學者對注意力缺陷過動症的研究受到當時腦炎的流行之影響，他們認為這是腦炎後的行為異常(post-encephalitic behavior disorder)，這些腦炎的影響引起了很多醫

學界和教育界學者的重視；到了 1930 年代之後，對中樞神經系統受損的原因有更多的認識，發現除了腦部受傷外，還有產前或產時的傷害、感染、鉛中毒、癲癇、額葉損傷等原因。一直到 1940 年代，史特勞斯(C. Strauss)發現這症狀的兒童並非都可以在腦部找到生理上的證明，因此，他認爲出現某些心理特徵應該就是腦傷的證明，之後，腦傷的概念就漸被「輕微腦傷」(minimal brain damage)和「輕微腦功能損傷」(minimal brain dysfunction,簡稱 MBD)取代，雖然當時史特勞斯所主持的研究中心是以智能障礙兒童爲主，但他的史特勞斯症候群(Strauss Syndrome)和神經心理學的研究，對於未來對智力正常但有腦功能損傷的兒童的研究也有極重要的影響，尤其他的學生克魯克卻克(B. Cruickshank)就是一例，他在馬利蘭州進行「蒙特高馬利郡計畫」(Montgomery County Project)，以智力正常之過動的兒童爲對象，並針對他們的特徵提出一套特殊的教學方法，這些方法雖然日後未得到研究的肯定，但它對目前注意力缺陷過動學生或學障學生教育仍具相當影響力。同時藥物對異常行爲的治療也開始受到重視，研究也證實了藥物治療可以改善近一半人數的注意力缺陷過動兒童的學習和行爲(Barkley,1990)。

表 2-2、注意力缺陷過動症(ADHD)用詞的歷史演進

年代	重要名詞
1854	「過動症候群」 德國醫師霍夫曼(H. Hoffman)創用「過動症候群」
1800 年代末	動個不停的菲力(Fidgety Phil) 德國醫師在詩中提及「動個不停的菲力」
1902	「行為控制與壓抑的缺陷」(defect in control of behavior and in inhibition) 英國醫師提出「行為控制與壓抑的缺陷」
1920s	腦炎後的行為障礙(post-encephalitic behavior disorder)
1940s	腦傷兒童症候(brain injured child syndrome) 史特勞斯 (Strauss)由受傷士兵研究提出「史特勞斯症候」
1950s	輕微腦功能損傷(Minimal Brain Dysfunction) 發現不一定有器官上的腦傷
1968	兒童期過動反應症(Hyperkinetic Reaction of Childhood) 心理疾病診斷統計手冊第二版（DSM-II）以過動症狀命名「兒童期過動反應症」
1980	注意力缺陷症(Attention Deficit Disorder, ADD) 心理疾病診斷統計手冊第三版（DSM-III）以不專注症狀命名「注意力缺陷」(ADD)，並分有過動(ADDH)與無過動(ADDnH)兩種
1987	注意力缺陷過動症(Attention-Deficit Hyperactivity Disorder)心理疾病診斷統計手冊第三版修訂版（DSM-III-R）合併無過動(ADDnH)與過動(ADDH)為一種稱「注意力缺陷過動症」（ADHD）
1994	注意力缺陷過動症(Attention-Deficit/Hyperactivity Disorder) 心理疾病診斷統計手冊第四版（DSM-IV）沿用「注意力缺陷過動症」(ADHD)，但恢復採分類。

參考自 Barkley, R.(videotape)(1992). *ADHD: What do we know?* New York, Guilford Publish Co.

第二節　　過動症候的時代(1960-1969)

　　巴克雷指出，1960 年代是注意力缺陷過動症由「輕微腦傷」到「過動症候」(hyperkinetic syndrome)年代，由於輕微腦傷的概念的可信度受到很多學者的質疑，甚至有學者提出 MBD 代表最大的神經學迷惑 (maximal neurologic confusion)，也發現至少有九十九種症狀和這個概念有關。隨 MBD 的消失，代之而起的是較具體的學習或行為症狀的名稱，如閱讀障礙、語言障礙、或過動。闕氏(S. Chess)和勞福(M. Laufer)提出「過動症候」的名稱，闕氏並定義過動症候是指「表現出高於一般兒童正常速度的活動，或經常動個不停的，或是二者都有」(引自 Barkley, 1990, p. 10)，「過動症候」的概念後來被美國精神醫學和心理學界所公認的「診斷及統計手冊」所採用，1968 年時美國「診斷及統計手冊」第二版(DSM-Ⅱ)正式提出「兒童期的過動反應異常」(Hyperkinetic Reaction of Childhood Disorder)，其中僅描述過度活動量和注意力缺陷為其症狀。由於闕氏的研究，使過動症候得以自混淆不清的輕微腦傷獨立出來，他還重視發展客觀評量的方法，且致力於改善一般錯誤的觀念，認為過動問題的責任在於兒童或家長，在此階段，闕氏對過動症候的信心比史帝爾樂觀，當時很多學者和闕氏都認為多數的過動兒童到了青少年就會好轉。

第三節　注意力缺陷的時代(1970-1979)

　　1970 年代對過動症候成了研究的焦點，直到 1979 年為止，有關的著作高達二千筆，有關雜誌也出專輯討論，如 1976 年的兒童異常心理學雜誌(Journal of Abnormal Child Psychology)和 1978 年的小兒科心理學雜誌(Journal of Pediatric Psychology)。然而，這個階段最重要的特色是將此症的定義由過動轉到較完整的症狀，這個改變應歸功於加拿大的道格拉斯(V. Douglas)，她認為影響兒童適應問題的應該是兒童的注意力不能持續和衝動，而不是過動，她認為過動的兒童不一定會有閱讀、學習的困難，後來也有學者發現過動兒童不一定較一般兒童好動。道氏也發展了完整的行為、認知的評量工具，可以診斷學生各方面問題，道氏的觀點影響了診斷及統計手冊第三版的名稱與定義，1980 年診斷及統計手冊第三版即將此症定名為注意力缺陷症(Attention Deficit Disorder，簡稱為 ADD)，並以不專注、衝動為其診斷的主要症狀，而過動則是一組亞型的附屬症狀。

　　除了診斷上的重點改變外，注意力缺陷症在這十年也因下列重要的改變而受影響。

一、 麥克吉爾(McGill)研究小組的研究成果

加拿大麥克吉爾(McGill)的研究小組致力於注意力缺陷兒童的研究，這研究小組以道格拉斯、佛雷柏格斯(Freibergs)為主，他們以 1956 年羅斯佛得(Rosvold)等人的「持續表現測驗」(Continuous Performance Test，簡稱 CPT)研究注意力缺陷學生，發現他們在持續表現測驗所測的警覺力(vigilance)和注意力持續上都顯現出困難。因為他們的研究，便得持續表現測驗後來被郭爾登(Gordon，1983)發展成機器式的標準化測驗，變成診斷注意力缺陷的重要工具之一，詳見第五章。麥克吉爾研究小組另外發現以立即持續的增強可以維持 ADD 學生的注意力到接近正常的水準，但如果以部分間歇性的增強，他們的表現水準就會顯著的下降，這項研究結果引導後來對注意力缺陷兒童的心理治療模式以行為學派的技術為主；除了行為控制外，他們也發現中樞神經興奮劑也可以改善注意力缺陷兒童的問題。這個小組的研究也發現注意力缺陷兒童在學業或社會行為的適應上都有明顯的困難，尤其到了青少年階段，由於他們的衝動和缺乏道德控制力，他們的適應問題顯得更嚴重，這也推翻了過去以過動為主要診斷症狀時，誤認為過動兒童到了青少年階段就會好轉的說法。

二、心理藥物治療的興起

除了道氏的麥克吉爾研究小組研究藥物對注意力缺陷症的治療效果,著名的美國學者柯能氏(K. Conners)也以較科學的研究方法證實藥物治療的效果,尤其著名的柯能氏評量表(Conners rating scales)更是後來研究注意力缺陷症治療效果的主要工具。這階段除了大量研究藥物治療的效果外,最主要的是改善研究方法,以科學的方法探討藥物治療的療效。

三、環境因素的探討

在美國除了研究藥物治療對注意力缺陷症的效果,在 1970 年代也流行了重視環境影響的風潮,環境因素對注意力缺陷症的影響,被提出來的主要有五: 人工添加食物、環境刺激量、文化因素、和父母管教和行為改變技術的發展等。

1. 人工食物的影響─受當時自然健康飲食風尚的影響,費勾德(Feingold)認為當時食物充滿人工添加物,如色素、防腐劑或柳酸等,有些人因對這些人工添加物過敏而造成過動問題,費氏認為最好的治療方法即是提供完全自然、無人工添加物的食物,他的論點廣受一般人歡迎,曾以其為主題召開全國過動症候和人工添加食物顧問委員會(National Advisory Committee on Hyperkinesis and Food Additive),進行論文研討費氏的理論,甚至成立全國性的費氏協會(Feingold Association),

其支會幾乎遍布全國各州，影響力遠超過具有科學研究證實的
柯能氏藥物治療。

2. 環境刺激過多—柏拉克(Block)認為當時社會環境的步調加快，
而且環境刺激過多，增加個體的興奮而導致過動問題，雖然柏
氏的理論未能提出足夠的資料證實，但 1990 年的黑利(Healy)
卻在他的著作「危險的心智」(Endangered Minds)一書中，將
柏氏的環境論更深入的探討，表示環境刺激過多對過動行為之
影響。

3. 文化的因素—羅思(Ross)夫婦認為造成過動的環境因素不是環
境的刺激，而是文化的差異，包括對行為的標準、過動行為的
容忍、或管教方式可能會惡化個體過動的特質，他們曾研究紐
約市的華裔兒童，發現華人並沒有過動的問題(Ross &
Ross,1982)，然而他們的說法也被後來研究所否定，至少國內
宋維村(民 73)和筆者(Hung，1991)都證實了國內注意力缺陷兒
童的出現率和其他國家差不多。

4. 父母管教方式—異於精神醫學的心理學觀點，有人認為過動是
由於不當的管教方式所致，雖然沒有資料直接證實不當的管教
方式會造成注意力缺陷症，但研究發現母親的管教會影響藥物
治療的效果，近年來也發現親職教育是改善注意力缺陷兒童問
題的有效方法之一，但多數學者仍認為不當的管教方式只是惡
化過動問題，不應是主要或直接的原因。

5. 行為改變技術的發展—在 1970 年代問題行為的管理、或干擾教
室行為的處理上行為改變技術被證實有效，因此，行為改變技

術和藥物治療並立為改善注意力缺陷症的主要方法，惟，研究發現單獨使用行為改變技術並無法產生配合藥物治療所能達到的療效，因此，發展至今，學者漸漸發現藥物治療應配合行為改變技術或親職訓練，以發揮最大的效果。

四、行為量表的發展

行為評量的發展和行為評量的方法運用在診斷、研究注意力缺陷兒童的療效是本年代重要的事件之一，柯能氏所發展之教師、家長評量的行為評量表，提供了科學研究注意力缺陷症的工具，也奠下了未來研究的基礎，後來，不少有關的行為評量表陸續發展出來運用在注意力缺陷症的臨床工作或研究上。

五、全體殘障兒童教育法案的通過

全體障礙兒童教育法案(The Education for All Handicapped Children Act, 簡稱 EHA，公法 94-142)的通過，保障了身心障礙兒童免費接受適當教育的權利，由於注意力缺陷症未被列在身心障礙的類
別中，因而被忽視其特殊的學習需要，但也由於該法案保障身心障礙學童之接受免費適當公立教育的權利，有不少注意力缺陷過動學童得以學習障礙 (learning disability) 或嚴重情緒困擾(seriously emotional disturbance，簡稱 SED) (註二) 等類別接受特殊教育的

服務，至少 35%的注意力缺陷過動學童接受特殊教育的服務(Barkley，
1990)。

　　上述注意力缺陷症的概念、特質、原因、評量、和藥物治療或
非藥物治療的療效都在 1970 年代有突破性的發現，因此巴克雷稱此
年代為 ADHD 的黃金階段。

第四節　　診斷標準爭議的時代
(1980 至 1989)

　　自 1980 年診斷及統計手冊第三版(DSM-III)的定義之後至今，
對於注意力缺陷症隨著診斷及統計手冊的修訂，在診斷標準、此症的
症狀和次類型有著不少的爭議，也因而帶動了這方面研究的重點。

一、DSM-III 的 ADD 和 ADDH

　　1980 年 DSM-III 受道格拉斯的發現之影響，將過動症候改成注
意力缺陷症(attention deficit disorder，簡稱 ADD)，以不專注為
命名之重點，並以不專注(inattention)和衝動(impulsivity)為診斷

的主要症狀，過動只是其中一種亞型的附屬症狀，分注意力缺陷伴有過動或是注意力缺陷未有過動。這個改變顯著的異於北美洲外所使用的國際疾病分類(International Classification of Disease，簡稱 ICD)的標準，ICD-9(WHO，1978)仍以普遍性的過動為其診斷主要症狀，且以過動異常(Hyperkinetic Disorder)為名稱。

DSM-III 除了改變診斷重點，也將此症區分注意力缺陷伴有過動(簡稱 ADDH)和未有過動(簡稱 ADD 或 ADDnH)兩種亞型。自 DSM-III 的定義出來後，對於此症診斷標準的研究大致分為兩方面的探討，其中之一即在比較 ADDH 和 ADD 在各方面的差異(Carlson et al., 1986, 1987; King & Young, 1982; Lahey et al., 1985, 1987)，另外一種在探討注意力缺陷症的類型(Conners et al., 1986; Hung, 1991; Lahey et al., 1988)。

二、DSM-III-R 的 ADHD

雖然上述兩種研究大都指出注意力缺陷症是一群異質性的團體，但，在上述研究還未完全出現時，由於當時臨床工作者發現注意力缺陷未有過動的個案過少，而且部分研究發現二者有很多症狀和處置方式的雷同，因此，DSM-III-R 將 ADDH 和 ADD 合併為一，而以注意力缺陷過動(Attention-deficit Hyperactive Disorder，簡稱 ADHD)稱之(APA，1987)，由於 DSM-III-R 的診斷標準將 DSM-III 的三項個別的標準(詳見表 2-3 和表 2-4)混合計算，因此其診斷標準被批評為過度重視「過動」的症狀，有忽視「不專注」之嫌(Hung，1991)，因

為其所列的十四行為特徵中，有四項為過動症狀，不專注和衝動各有五項行為項目，但在不專注所列的五項行為項目中有一項在研究上被證實不屬於不專注的行為特徵 (Lahey et al., 1988)；而且符合 DSM-III-R 的 ADHD 標準之兒童，可能不能符合 DSM-III 中「不專注」的診斷標準，因為 DSM-III-R 要求十四項中的八項，而 DSM-III 要求必須在五項不專注的行為特徵中至少出現三項，所以符合這八項很有可能未達不專注的三項行為，筆者(1991)的研究也發現以 DSM-III-R 的標準鑑定所出現的注意力缺陷兒童比 DSM-III 的鑑定標準為多，另外，雷喜等人(Lahey et al., 1988)也認為 DSM-III-R 試圖以未區分的注意力缺陷名詞(undifferentiated attention deficit)涵蓋注意力缺陷未有過動，只是將注意力缺陷症的概念更混淆而已，因此 DSM-III-R 的「注意力缺陷過動症」之效度被很多學者質疑(Barkley, 1991; Lahey et al., 1988)。

表 2-3、DSM-III（1980)的注意力缺陷症(ADD)診斷標準

A. 不專注，至少包括下列三項：
　　1. 經常無法完成他(她)所開始的事。
　　2. 經常看起來不注意聽的樣子。
　　3. 容易分心。
　　4. 對學校的功課或其他需要持續注意力的工作難以專注。
　　5. 有困難持續在一項遊戲活動上。

B. 衝動，至少包括下列三項：
　　1. 常未經思考就行動。
　　2. 很頻繁地從一項活動跳到另一項活動。
　　3. 難以有系統的組織或計畫工作。
　　4. 經常需要別人的督導。
　　5. 經常在課堂內大聲說話。
　　6. 在遊戲或團體活動中，難以等待輪到自己的機會。

C. 過動，至少包括下列二項：
　　1. 過度到處跑或爬個不停。
　　2. 有困難地安靜坐好，常動個不停。
　　3. 有困難的安靜地坐在坐位上。
　　4. 睡覺時，常動個不停。
　　5. 總是像隨時都在動，好像有機器驅動著他的身體，精力旺盛。

D. 發生在七歲以前

E. 症狀至少持續在六個月以上

F. 不是精神分裂、情感性疾病、或重度智能不足

譯自 *APA(1980):Diagnostic and Statistical Manual of Mental Disorders*, 3rd ed., pp. 43-44.

註:上述 A 到 C 標準，如果只符合前兩項，第三項不符合則為注意力缺陷未伴
　　有過動(Attention Deficit Disorder, ADD)，如果三項全符合則為注意力缺陷
　　伴有過動(Attention Deficit Disorder with hyperactivity, ADDH)。

表 2-4、DSM-III-R(1987)的注意力缺陷過動症(ADHD)診斷標準

問題至少持續在六個月以上，且符合下列行為中的至少八項行為：
1 經常手腳動個不停或在椅子上坐不住。(到青少年後，可能會只有靜不下的感覺)
2 當被要求坐好時，他(她)有困難坐好。
3 很容易為外在的事物所分心。
4 在遊戲或團體活動中，難以耐心等待輪到自己的機會。
5 經常在未聽完問題或未看完問題前就說出答案。
6 無法照著別人的指示做事，例如不能完成指定的功課或家務。但這並不是因為他故意反抗或聽不懂指示。
7 無法專注在手邊的工作或遊戲。
8 經常在一件事未做完前就換做另一件事。
9 無法安靜的玩。
10 經常說話過多。
11.經常侵犯或打擾別人，例如隨意插入別人的活動。
12.好像並不注意聽別人對他(她)所說的話。
13.無論在學校或是在家裡，經常丟掉或找不到個人所需的東西，例如玩具、鉛筆、書或作業等。
14.經常從事對生命安全有威脅的活動，但並不是因為尋找刺激，例如衝過馬路前未看左右兩方來車。
發生在七歲以前
不是普遍性的發展遲緩
依嚴重程度分輕度、中度、重度，嚴重程度診斷準則
　輕度：除了構成診斷所需的症狀外，少有其他症狀，且僅造成學業或社會功能的輕度損害，或甚至無損害。
　中度：症狀和功能損害介於輕度和重度之間。
　重度：除了構成診斷所需的症狀外，少有其他症狀，尚有許多其他症狀，且造成在家庭、學校、同儕人際方面的功能普遍嚴重的損害。

譯自 APA (1987):*Diagnostic and Statistical Manual of Mental Disorders*, 3rd ed. (revised). pp. 53-54

表 2-5　診斷及統計手冊第四版的標準(1994)

A・(一)或(二)任何一項

(一)不專注：出現下列不專注的症狀至少六項，且持續六個月以上，此問題造成個體的不適應，且和他(她)的發展成熟度不一致：

　　a.經常無法注意細節、或在學校功課、工作的活動上經常因粗心而犯錯。

　　b.經常無法持續注意力在功課、一件事或遊戲上太久。

　　c.經常表現出好像不注意聽別人對他說話的樣子。

　　d.經常無法遵循指示和完成學校功課或其他指定的任務，但並不是因故意反抗或聽不懂指示而無法完成。

　　e.經常無法把事情或活動做的有條理。

　　f.對於需要持續花心力的活動，經常表現出逃避或強烈的不喜歡。

　　g.經常丟掉(或忘掉)一些重要的東西(如作業、鉛筆、書本、文具或活動所需要的玩具)。

　　h.經常容易為外界的刺激所干擾而分心。

　　i.經常忘記日常生活所需的事物。

(二)過動－衝動：出現下列過動－衝動的症狀至少六項，且持續六個月以上，此問題造成個體的不適應，且和他(她)的發展成熟度不一致：

〔過動〕

　　a.經常手或腳動個不停，或在椅子上坐不住(身體蠕動不停)。

　　b.在教室或其他被要求坐在椅子上的時候，仍會離開座椅。

　　c.經常在不允許到處亂跑或亂爬時，仍會亂跑亂爬。
　　　(對青少年或成人而言，可能的表現是個人的主觀感覺，自己靜不下來)

　　d.經常無法安靜的參與一項遊戲或休閒活動。

　　e.經常說話很多

　　f.經常表現出像被一部機器驅動著，無法靜下來。

（續下頁）

〔衝動〕

　　g.經常在問題還未被說完，就把答案衝口而出。

　　h.經常無法排隊等待、或在一項活動或遊戲和人輪流等自己的機會。

　　i.經常干擾或打斷別人的談話或活動。

B‧在七歲以前開始出現症狀。

C‧症狀必須出現在兩個或兩個以上的情境(在學校、工作或家庭)

D‧症狀會造成臨床上顯著功能損傷，可能妨害個人在社會、學業、或職業上的功能。

E‧排除普遍性發展遲緩、精神分裂、或其他精神疾病、情感性疾患、焦慮疾患、分離性疾患、或人格異常。

類型編碼

314.00　注意力缺陷／過動症，不專注型，如果過去六個月，符合A(一)的標準但不符合A(二)的標準

314.01　注意力缺陷／過動症，過動及衝動型，如果過去六個月，符合A(二)的標準但不符合A(一)的標準

314.01　注意力缺陷／過動症，綜合型，如果過去六個月，符合A(一)和A(二)的標準

　　　　編碼說明：對於個體(特別是青少年的成人)

314.9　　注意力缺陷／過動症，未特定型，出現顯著的A(一)或A(二)的症狀，但未符合注意力缺陷／過動症的標準。

American Psychiatric Association (1994). *Diagnostic and statistical manual of mental disorders*, 4th ed., Washington: Author, pp 83-85.

第五節　　整合核心症狀的時代(1990-至今)

　　隨著 1980 年代對注意力缺陷過動症之症狀與次類型之研究結果，與分合之爭議，到了 1990 年代似乎已告一段落，重要的兩個心理疾病所參考之診斷標準分別在 1994，1990 年出版新的定義，分別是 DSM-IV 和 ICD-10 兩版，尤其是 DSM-IV 已將三項症狀合併爲二，不專注與過動--衝動。除此之外，美國著名學者巴克雷（Barkley，1997）質疑不專注、衝動、過動之三位一體的診斷標準可能可以合而爲一，此說法對注意力缺陷過動症之診斷與介入方向可能會有影響。

一、DSM-IV 的 ADHD

　　1980 年代後期對 DSM-III-R 的 ADHD 之研究，引起了 DSM-IV 的修訂也重新考慮將注意力缺陷過動症由單一類型再度分開，DSM-IV，（1994)再度將注意力缺陷過動症分成四類型，包括不專注型(predominantly inattentive type)、過動-衝動型(predominant Hyperactive-Impulsive type)、混合型(combined type)、和其他未

註明型(Not Otherwise Specified)(APA, 1994)，詳見表 2-5。DSM-IV
的 ADHD 採用了多數研究結果，肯定 ADHD 是異質性的團體，將 ADHD
分為三類，此外第四版也重新組合三項核心診斷症狀，將衝動和過動
併為同一亞型，符合了最近的研究結果(Lahey et al., 1988;Hart, et
al., 1990)，另外，也加了跨情境和功能受損的條件，使 ADHD 症能更
清楚與一般過動問題區分。因此，麥克柏尼特等人(McBurnet et al.,
1993)肯定 DSM-IV 在注意力缺陷過動症所做的修訂都是有科學研究根
據的。

二、ICD-10 的過動症

注意力缺陷的定義除了上述的診斷及統計手冊版外，在北美洲外
常用的國際疾病分類(ICD)也有其定義，ICD 第十版(ICD-10)並未如
美國心理疾病診斷及統計手冊，以注意力缺陷為此症的名稱，ICD-10
仍保留「過動症」(hyperkinetic disorder)名稱，但其診斷卻也以
注意力和過動為其主要標準，而未考慮美國精神醫學會的心理疾病診
斷及統計手冊（DSM）所包括的衝動，而且其對問題出現的情境與智
力與行為評量之標準也都訂了較具體的標準，參見表 2-6。

三、三合一症狀之主張

　　不專注、衝動、過動被巴克雷(Barkley, 1990)稱爲注意力缺陷過動症之「神聖的三位一體」(holy trinity)，然而，經過多年對注意力缺陷過動症之研究，巴克雷於 1997 年綜合 1990 年代學者以認知心理學的訊息處理模式研究注意力缺陷學童，結果發現無法證實這些學童在該注意的工作上表現無法專注的事實，倒是明顯的發現這些學童在行爲反應的抑制和動作系統的控制較一般學童差，而且也發現衝動和過動很難區分，因此，他認爲衝動、過動應該是罹患此症的學童唯一且有意義的問題症狀。雖然他表示此證據對不專注型的注意力缺陷過動症很難解釋，但是他由「執行功能之混合模式」(hybrid model of executive function)來討論自我控制的介入策略的成效時，由於注意力缺陷過動患者的抑制功能缺陷而干擾了其目標導向的動作行爲，而顯現出不專注、衝動或過動，因此抑制功能的缺陷可能是解釋三個症狀的最佳核心（Barkley, 1997）。

四、正式進入特殊教育

1990 年代除了在注意力缺陷診斷標準的變動外，對於注意力缺陷過動症學童接受特殊教育的權利也引起很多的爭論，為了讓自己的孩子接受適當的教育，在美國具有相當影響力的注意力缺陷兒童家長團體(CH.A.D.D.)一直極力爭取在公法 94-142 中單獨增設注意力缺陷過動症一類，雖然很多專業團體反對 CHADD 的提議，抵不住家長透過國會的壓力下，美國教育部(Department of Education)於 1991 發佈命令，注意力缺陷過動學童可依復健法案的 504 章(Section 504 of the Rehabilitation Act，1973)在普通教育中獲得適當的協助，若注意力缺陷過動學童符合「身心障礙者教育法」(Individuals with Disabilities Education Act，簡稱 IDEA)中的標準，可以以該類接受特殊教育服務，否則可以「其他身體病弱」(other health impaired，簡稱 OHI) 一類，接受適當的教育和相關服務措施(引自 Hocutt et al.，1993; Reid，Magg，& Vasa，1993)，從此，注意力缺陷過動學生接受適當教育的權利終正式獲得保障。此外，美國教育部也在境內經費支助設立五個研究中心，加強對此症的研究，包括 Univerisity of Arkansas、佛羅里達州的 University of Miami、北卡羅來納的 Research Triangle Institute、University of California in Irvine、和 Univerisity of Kentucky，另外，教育部也以專案補助訓練普通教師和特教教師，以提昇教師在這方面應有的專業知能(Hocutt et al.，1993)，有關上述資訊可參考附錄八。

表 2-6、ICD-10(1990)的過動症診斷標準

A．對其年齡和發展階段而言，在「家裡」表現不正常的注意力和活動力，以在下列
　　注意力的問題出現至少三項爲證：
　1.在自發性的活動持續短暫的注意
　2.經常未完成所進行的活動
　3.過動頻繁的在各項活動中換來換去
　4.對大人所要求的任務中缺乏適當的持續
　5.學習時(如寫功課、閱讀作業)不適當的表現高度的分心
　　以及在下列活動的問題出現至少兩項：
　6.持續不停的動作(如跑步、跳等)
　7.在自發性的活動中出現顯著過度的噪動和蠕動
　8.在應有相關技能表現的活動中(如用餐、旅遊、訪視、上教堂等)出現顯著的過動
　9.當被要求坐好時，無法坐在位子上
B．對其年齡和發展階段而言、在「學校」或「托兒所(如果有的話)」表現不正常的
　　注意力和活動力，以在下列注意力的問題出現至少兩項爲證：
　1.在功課或工作上缺乏適當的持續
　2.不適當的高度分心，如經常被外在刺激干擾
　3.當可以選擇活動時，過動頻繁的在各項活動中換來換去
　4.在遊戲活動中表現過度短暫的持續
　　以及在下列活動的問題出現至少兩項：
　5.在學校出現持續過度不停的動作(如跑步、跳等)
　6.在結構性的活動中出現顯著過度的噪動和蠕動
　7.在活動中過動表現不專注於活動的情形
　8.當被要求坐好時，經常不適當的離席
C．直接觀察到的異常注意力和活動的情形必須對兒童的年齡或發展
　　階段而言是過度或，可以下列資料爲證：
　1.直接以上述A或B的標準觀察，即不能只根據家長或教師的報告
　2.在家庭或學校外的情境（如診所、實驗室）觀察動作活動力、不注意力或缺乏持
　　續力等
　3.在注意力的心理測驗的表現有顯著缺陷
D．未符合普遍性發展性障礙、躁症、憂鬱或焦慮性疾病
E．在六歲以前開始出現症狀
F．症狀持續至少六個月以上
G．智商在 50 以上　　　　　　　　　　　　　　　　　　　　(續下頁)

註：診斷「過動症」需要肯定在注意力和安靜不止有異常的表現，這些異常表現持續
在各種情境和時間，可以由直接觀察得之，而這些異常非因其他疾病如自閉症、
情感性疾病所致

事實上，評量工具可以量化，如果可能的話，可取得在家裡和教室標準化的過動行
為評量，具信、效度的評量，可以在兩情境都達百分等級 95 的標準取代上述A和
B的標準

World Health Organization(1990). *International Classifi-
cation of Disease*. 10th ed., Geneva: Author.

第六節　　我國的發展情形

　　我國文獻並未明文記錄國內對注意力缺陷過動症之說明，但從國內出版文章情形，發現我國自民國 80 年(1991)之後才開始重視此症，國內有關此症主要的七本專書都於 80 年代出版（王意中，民 87）。僅將國內有關此症之重要事件依據年代分述如下：

1. 民 68、70 年　　林明珠、郭秀玲在台大醫學院公共衛生研究所碩士論文中修訂兒童活動量表，爲目前國內醫院評量的主要工具。

2. 民 79 年　　王雅琴與一群研究者完成「高雄市學齡兒童注意力不足過動症候盛行率之研究」。

3. 民 82 年　　楊碧桃和龐大慶等編譯「注意力不足症」，爲國內特殊教育第一本完整介紹此症之專書。

4. 民 85 年　　「中華民國過動兒協會」成立，爲我國第一個關心此症之公益團體。

5. 民 86 年　　「中華民國過動兒協會」召開記者會呼籲新修定之特殊教育法能保障注意力缺陷過動學童接受特殊教育之權利。

6. 民 87 年　　因應民國 86 年新修訂之特殊教育法頒佈「身心障礙及資賦優異學生鑑定原則鑑定基準」，將此症學童納爲特殊教育之服務對象。

我國目前對注意力缺陷過動症之發展有下列問題：

（一）　名稱之混淆與爭議

　　過去我國在醫學界慣用「過動兒」一詞稱呼這群孩子，導致過動兒的注意力問題以及不專注型的沒有過動的學童容易被忽視，尤其國內唯一的協會也採「過動兒」一詞，讓國內大眾容易凸顯此症之過動問題，而忽略其他問題，然而，國外於 1980 年代之後已發現過動並非此症主要症狀，注意力和衝動也是重要的症狀，甚至巴克雷(Barkley，1997)提出新的核心症狀可能應該是行為抑制的缺陷（亦即衝動），這些症狀可能在國內慣用的詞彙中容易被忽略，因此如何確定一個可以真正代表此症且具溝通意義之名詞，或是重新澄清舊詞的真正含義可能將是我國再推廣認識此症時需要解決的問題。

（二）　專業服務之不足

　　注意力缺陷過動症之研究在國內之醫學、心理或特殊教育等領域幾乎都是於民國 80 年代之後才開始受到應有之重視，國內面對如此大量的注意力缺陷過動學童之需求，在醫療、臨床心理與特殊教育之專業工作人員都顯不足。因此，注意力缺陷過動症學童之家長常一診難等、求助無門，然而，在 80 年代這些相關之專業領域已開始加強這方面之研究與訓練課程，在醫學界、臨床心理、特殊教育與社會福利等方面，國內有關此主題之博碩士論文與發表之學術論文均足以反應此趨勢。

附註：

一、 本章對注意力缺陷過動症一詞用法乃依據各年代當時之名
稱，因此在各段所用名稱會有所差異，除非有說明，否則各
名詞所指對象相同。

二、 美國特殊教育之「嚴重情緒困擾」(SED)又被部份學者稱為
「行為異常」(behavioral disorder，簡稱 BD)或是「情緒
/行為異常」(emotional/behavioral disorder)，相當於我
國特殊教育法所定之「嚴重情緒障礙」。

第三章

注意力缺陷過動症

導讀問題：

1. 注意力缺陷過動症之主要症狀爲何？它們對生活會有哪些影響？

2. 注意力缺陷過動症學童的出現率會有多少？出現率的高低會受哪些變項的影響？

3. 注意力缺陷過動症在神經功能方面會表現出哪些類型？這些類型對教學輔導之意義爲何？

4. 注意力缺陷過動症在與學校學習有關之特質可能表現出哪些類型？這些類型對教學輔導之意義爲何？

5. 注意力缺陷過動兒童的適應問題與其症狀之間的可能關係，其對輔導之意義爲何？

第一節　何謂注意力缺陷過動症

如前一章所述，注意力缺陷過動症是一個爭議最多的兒童心智疾病之一，巴克雷試著將最被接受的要素提出一個注意力缺陷過動症之定義，如下：

> 「注意力缺陷過動症是一種發展性的異常，主要特徵是發展性的、不適當的不專注、過動和衝動之特徵。這通常出現於童年早期階段，是慢性長期的，這問題並不是由於神經生理、感官、語言、動作障礙、智能障礙或是嚴重情緒困擾所直接造成，而這些症狀多會造成遵守規則行為或維持固定表現上的相關困難。」(Barkley, 1990, p. 47)

除此之外，巴克雷（Barkley, 1990）針對 ADHD 的症狀提出五項具區分性的特徵：

1.不專注：

不能專心或注意力表現有問題包括多種，例如警覺(alertness)、選擇性注意力(selectivity)、持續性注意力(sustained attention)、

分心（distractibility）、注意廣度(span of apprehension)等，根據巴克雷綜合研究結果表示注意力缺陷過動症兒童之注意力問題多出現在對刺激的警覺性以及注意力的持續，但在分心的程度並不會顯著的異於一般兒童，巴克雷認為注意力缺陷過動症學童之不專注的問題到底是因為容易分心或是因為被高吸引力的刺激吸引之後難再要求自己表現符合規範的行為方之抑制困難所致，尚值得探討。注意力的問題可能出現在教室學習情境，也會出現在下課或自由活動的遊戲情境。

2.行為抑制困難：

　　或稱衝動，文獻對衝動也有多種的說法，包括快速對情境做不正確的反應，例如衝動做出錯誤的答案，無法持續控制自己的反應，無法克制說話或動作；無法延宕對需求之滿足，例如想要什麼就馬上去拿；無法遵守規範或指示或是無法在社會要求之情境控制自己的行為，例如不能輪流遊戲；巴克雷(1992)也提出注意力缺陷過動兒童無法經由行為之後果（例如被懲罰）連結行為學習的說法，解釋注意力缺陷過動兒童的衝動性。

3.過動：

　　注意力缺陷過動症最易被發現的症狀為過動，其活動過多的表現除了在動作之外，也包括說話，無法安靜、動個不停，而且他們的活動通常與當時情境無關，活動過多的表現除了白天如此，通常晚上睡眠時也如此，因此有項目 ADHD 兒童之描述其過動為像是裝了機器或馬達似的動個不停，都不覺得累。部份研究發現，注意力缺陷過動症兒童之活動過多不會因情境而異（引自 Barkley, 1990），換言之，其活動量過多也有可能與行為抑制困難或無法因應情境規範自己行為有關。

4.規範性行為習得的缺陷：

一般人可以透過行為結果習得規則來規範自己的行為，注意力缺陷過動症兒童不易利用規則習得規範自己的行為，因此他們常表現無視規則的存在，出現反抗或不守規則，或是不受先前懲罰經驗的教訓，或是無秩序感、無責任感的樣子，巴克雷(Barkley,1990)也認為這可能與行為抑制困難有關，可是也有學者認為這應不是注意力缺陷過動症之主要症狀，而可能是不專心所致，不過臨床上常發現注意力缺陷過動症學童被師長抱怨不聽教師指示、無法持續聽從教導、無法依據教師教導進行課業、或是做事亂無章法，有些教師或家長會因此而抱怨孩子不專心，做事慢吞吞沒效率，這些問題到底不專注或行為抑制困難所造成的，是值得進一步探討的，但這確實是區別注意力缺陷過動症兒童與其他問題兒童之重要特徵。

5.成就表現不穩定：

注意力缺陷過動學童難以經由先前習得經驗來規範自己，以保持穩定的表現，或是因為衝動或不專注，注意力缺陷過動症學童在成就表現極端不穩定，在功課、作業或考試上常如此，因此容易被認為是偷懶，巴克雷(Barkley,1992)認為這項特質也是區分此症與其他問題的重要特徵之一。

第二節　　出現率

　　由於注意力缺陷過動症的爭議，在此症的出現率估計也有很大的差異，其出現率之差異為 1%到 20%之間，美國精神醫學會以其診斷標準估計 3-5%的出現(APA,1994)，為多數文獻的引用。使用不同的標準也會有不同的出現率，宋維村等人（民 85）認為鬆的標準可以得出10-20%的出現率，嚴格的標準會僅有 1-2%的出現率；一般而言「國際疾病分類系統」(ICD-10)所診斷的出現率會小於「診斷及統計手冊」(DSM)的標準(宋維村、侯育銘，民 85)，目前也發現由於使用標準之不同，北美國家所估計之注意力缺陷過動症之出現率較歐洲國家高(Reid, Maag, & Vasa, 1993)。我國雖未有大型之的出現率研究，但過去宋維村利用台大兒童心理衛生中心之初診個案估計出現率約為 5%，洪儷瑜(Hung, 1991)在北市一所大型國小研究推估出現率，發現利用 DSM-III之標準的出現率為 6.4%，利用 DSM-III-R 之標準則得出現率 7.9%，國內王雅琴等人（民 79）以 DSM-III-R 的標準研究高雄市學齡兒童之出現率，得 9.9%。在較嚴格 DSM-IV 的標準下，國內注意力缺陷過動症之出現率仍有待研究。

　　注意力缺陷過動症的出現率會因性別、年級而有差異，一般發現男生多於女生，加拿大西特馬利(Szatmari)等人之研究發現男生出現率約為女生之三倍（男生 9%，女生 3.3%），國內王雅琴等人研究的結果也發現男生約為女生出現率之三倍（男生 14.9%，女生 4.5%），筆者在

上述相同研究國小高年級學生(Hung,1991)發現性別差異更大，男生之出現率約為女生之七倍（男生 6.9%，女生 0.9%）。一般而言，男女生在注意力缺陷過動症之比率約為 6:1（Barkley, 1990），致於為何出現率會有性別的差異，目前尚無法確定原因，巴克雷認為可能是男生容易被轉介有關，因為注意力缺陷過動症之男生和女生在問題行為表現上有差異，男生比較會出現攻擊或破壞行為，所以被轉介出來的機會就比女生較高。

出現率的估計也會因年級不同而異，年齡的差異在男生較為明顯，4-11 歲的男生出現率為 10%以上，而 12-16 歲的出現率降到 7%，但女生的出現率在年齡的差異並不明顯（引自 Barkley, 1990）。

第三節　類型

　　注意力缺陷過動症並不是一個同質性的團體，相反的，同在這個診斷名稱下的患者可能出現不同的類型。最常見的是診斷及統計手冊(DSM)的分類，在第二章已詳述「診斷及統計手冊」十幾年來對 ADHD 分類的演變，DSM-III(APA, 1980)和 DSM-IV(APA,1994)對 ADHD 的二分法，即注意力缺陷沒有過動(ADDnH)和注意力缺陷伴有過動(ADDH)，這分類在雷喜等人(Lahey et al., 1988)利用叢集分析(cluster analysis)統計方法的研究結果獲得支持。雷喜等人的研究發現「診斷及統計手冊」所用的診斷項目(包括 DSM-III 和 DSM-III-R)，大致可分為三類，其中一類為適應正常者，另兩類為不專注、缺乏組織和懶散但不過動，以及過動、衝動、不專注和缺乏組織但不懶散等兩類，這正和 DSM-III 主張的注意力缺陷沒有過動和注意力缺陷伴有過動的分類吻合，在 DSM-IV 除了主張這兩類型，也增加過動未伴有不專注(即 314.01 的過動-衝動型)和問題普遍但不明顯的其他未註明型(即 314.9)。

　　除了 DSM 的分類外，一般學者對 ADHD 的類型探討也可以大致分為兩種途徑，一種是利用叢集分析統計方法進行的分類，柯能氏等人(Conners & Wells, 1986)以神經心理特質研究 ADHD 的類型和筆者(1991)以問題行為分類的研究為此例，另一種是由臨床經驗進行分類，巴克雷(Barkley, 1990)所提出的 ADHD 的類型為此例。

一、以神經心理特質區分

　　柯能氏(K. Conners)和威爾氏(K. Wells)以 262 位五歲到十三歲的 ADHD 兒童為研究對象，進行八項心理測驗，包括一項廣泛成就測驗(Wide Range Achievement Test，簡稱 WRAT)，兩項智力測驗，魏氏兒童智力量表(WISC)和畫人測驗(Draw-A-Man Test)，與五項神經心理特質的測驗，有班達完形測驗(Bender-Gestalt Test)、波特斯迷津測驗(Porteus Maze Test)、弗若斯帝視知覺發展測驗(Frostig Developmental Test of Visual Perception)、配對學習測驗(Paired-Associate Learning Test，簡稱 PAL)、持續表現測驗(Continuous Performance Test，簡稱CPT)(Conners & Wells, 1986)。

　　柯能氏等人以這八項測驗分數進行叢集分析，將 262 位 ADHD 的兒童分成六個組型，分別命名為額葉功能失調(frontal lobe dysfunction)、注意力缺陷或學習障礙(attention deficit/learning disabilities)、動作衝動(motor-impulsivity)、和高認知功能(high cognitive function)、高注意功能(high attention function)、空間視知覺功能失調(visual-spatial dysfunction)。

　　第一組「額葉功能失調的 ADHD」，特徵主要是波特斯商數、Q分數、班達、弗若斯帝知覺商數、配對學習測驗分數等得分低，普通智力也不高，這些特徵和雙側額葉功能失調者一致，故命名為額葉功能失調。第二組「注意力缺陷或學習障礙型」，特徵在成就低落和注意力缺陷，其他知動能力都在平均水準。第三組「動作衝動型」，主要特徵為班達視動協調和ＣＰＴ測得的注意力和衝動得分較差，所以，此類

型主要問題在動作協調和衝動。第四組「高認知功能型」，主要特徵在智力和成就很高(Z值爲 1.0 以上)，但波特斯商數和班達視動協調較差。第五組爲「高注意功能型」，主要特徵在注意力表現較佳，但知動和畫人測驗表現較差。第六組爲「空間視知覺功能失調型」，其主要特徵是視覺空間能力差，但未見注意力缺陷的問題。由此六組可以發現除了兩組認知或注意力表現屬於正常範圍外，其他四組的神經心理問題的表現，有協調計畫能力缺陷的額葉功能失調型、注意力缺陷及學習障礙、動作衝動型、和空間視知覺功能失調等，可見由神經心理的表現來看，ADHD 兒童可以分成這四種不同的類型，因此 ADHD 兒童的神經系統功能表現也見不同。

　　柯能氏等人(1986)表示這項研究結果可以支持 ADHD 的中樞神經系統(CNS)功能失調的病因說，但也不能忽視那些沒有 CNS 功能問題的過動兒童之存在。由於他們的受試群年齡分布過廣，有些可能表現出發展遲緩的問題，會因部分測量工具未見年齡常模，而無法顯現出這項問題，因此，柯能氏等也建議進行叢集分析時應採縮小年齡的範圍，以排除發展對神經系統功能的干擾。另外筆者認爲柯能氏等的叢集分析結果報告未能呈現各類型受試的基本資料，如年齡分布、性別、ADHD的診斷、或其他相關資料，只介紹各類型在測量工具的得分結果，實無法幫助讀者對各類型有更清楚的概念；而且該研究未提供叢集分析結果的效度(包括內在和外在)資料，所以，這項研究可能只能提出 ADHD兒童的神經系統功能表現並非同質性之結論，而無法具體證實 ADHD 兒童的神經系統功能的表現之類型，柯能氏等人也表示他們研究具有這點限制。

二、以問題行為特質區分

為了證實 ADHD 的異質性，筆者於 1991 年的博士論文研究中，以文獻上所提出的 ADHD 兒童常見問題行為試圖發現 ADHD 的類型，研究對象為 181 位由 DSM-III-R 的 ADHD 標準所篩選出來的 ADHD 學生，年級自四到五年級。筆者以 ADHD 相關文獻最常使用的柯能氏教師用行為評量表(CTRS)的五個分量表和外加的兩個分量表為問題行為測量的工具，這七個變項分別為違規行為問題(conduct problems)、過動(hyperacitivity)、不專注和被動(Inattention/passivity)、緊張和焦慮(tension/anxiety)、不合群(unsociability)、懶散(sluggishness)、和學習問題(learning problem)等(Hung, 1991)。

181 位 ADHD 學生以上述七項問題行為叢集分析結果，分成五種組型，分別命名為典型或稱中庸型(modest)、適應良好型(well adjusted)、疑似注意力缺陷型(suspected ADD)、高焦慮型(high anxiety)、和適應困難(troublesome)等五組。這五組的特徵分述如下：

第一組「典型 ADHD」：為五組中人數最多的一組，佔本研究 ADHD 受試的 40.9%，其中男女比例約 10:1，男生人數遠超過女生，但兩個年級的學生人數比例差不多。這一類型主要特徵在所有問題行為得分都差不多在平均數左右，惟，違規行為問題和過動行為評分略高，這種問題行為表現正代表典型的 ADHD，具多種行為問題，但不一定達嚴重程度，卻以過動和違規行為最為明顯。

　　第二組「適應良好的 ADHD」：約有 11.1%的受試歸在這組，爲五組中人數第三多的一組，這一組的女生只佔 5%，比全體 ADHD 受試的女生比率(11.5%)還低，這一組五年級的學生人數略高於四年級，約 2:1。這一組學生的特徵爲所有問題行爲的評分都在平均數以下，甚至負一個標準差以下，表示其問題行爲並不嚴重，這一組學生罹患的 ADHD 可能只是不嚴重，又接受良好的教育或訓練，或是鑑定過程中之僞陽性之診斷，其實他們應該是正常孩子中只是較好動的一群。在這一組也發現年級較高的學生較多，比全體 ADHD 受試的五年級學生比率(47%)還高，這可能可以支持 ADHD 兒童年紀越長會表現得越適應之說法。

　　第三組「疑似注意力缺陷型」：這一組的特徵在不專注和被動、懶散與學習問題等三項得分較高，而過動和違規行爲等問題較低，很像文獻上對單純的注意力缺陷(即 DSM-III 的 ADDnH)患者特徵的描述，因此定名爲「疑似注意力缺陷」。這一組爲五組中人數次多的一組，其中女生佔 9.3%，男女比例爲 10:1，雖五年級學生佔本組人數之多數(55.8%)，但四、五年級學生的比例差不多。

　　第四組「高焦慮型 ADHD」：主要特徵在違規行爲、不專注和被動、緊張和焦慮、過動、與不合群等問題行爲得分較高，尤以「緊張和焦慮」一項最高，因此命名爲高焦慮型的 ADHD。這一組爲女生比例最多的一組，本組四分之一的學生爲女生(25%)，比全體 ADHD 受試的女生比率(11.5%)高出很多。雖四年級學生佔本組人數之多數(53.1%)，但各年級的比率差異不大。

　　第五組「適應困難的 ADHD」：雖為五組中人數最少的一組，但卻是問題最複雜的，本組特徵在所有問題行為都被評在平均數正一個標準差以上，甚至有四項問題高達正 1.5 標準差以上，這四項依得分高低順序為懶散、違規行為、不專注和被動、以及學習問題。這一組學生清一色都是男生，而且四、五年級學生各佔半數。

　　本叢集分析結果除了證實 ADHD 的異質性外，也支持了 DSM-III 將 ADDnH 獨立為一類型的主張，甚至指出了男女生罹患 ADHD 之差異，本研究結果發現 ADHD 學生適應較好和較差的學生都以男生為最多，而 ADHD 女生則以典型和高焦慮型為最多。本叢集分析結果經效度考驗後，發現第一、二、和第四組(典型、適應良好、和高焦慮組)的內在效度不錯，惟第三和第五組(疑似注意力缺陷和適應困難組)的效度較不理想。因此對於本研究在這兩組類型的推論尚需保留，仍待進一步的研究。

三、以診斷特徵分類

　　異於上述兩種 ADHD 分類的方法，巴克雷(Barkely, 1990)以臨床經驗和文獻上常出現的具有區分意義的特徵來分類，將 ADHD 依過動、神經心理功能、外向或內向性問題、症狀的持續性等，另外，筆者認為常影響學校適應之學習能力等五種特徵討論 ADHD 學童之可能的類型。

（一）依過動區分類型

　　注意力缺陷是否伴有過動在「診斷及統計手冊」(DSM)第三版到四版(1980 到 1994)一直爭議著，本章前文已詳述 DSM 的分類情形，在此介紹實徵性研究結果對這兩類型的描述。ADHD 依過動分爲 ADDnH 和 ADDH兩種，這兩種除了在過動特質的表現上不同，在其他方面也被發現有顯著差異，筆者(Hung, 1991)綜合文獻發現 ADDnH 兒童出現的問題行爲以內向性問題爲顯著，包括退縮、懶散、和焦慮等，而 ADDH 兒童則以攻擊、衝動、和製造麻煩爲顯著；在能力成就方面，雖然 ADDnH 兒童曾被發現其魏氏兒童智力量表所測得的智商較 ADDH 兒童高(Edelbrock et al.,1984)，但 ADDnH 兒童的學業表現卻比 ADDH 兒童差(Edelbrock et al.,1984；Hynd et al., 1990)，尤其在數學成就上，另外，也發現 ADDnH 兒童留級的比率也較 ADDH 兒童高(Carlson et al., 1986)。巴克雷以這兩類型兒童在特殊教育的安置情形，發現 ADDH兒童被安置在特殊班的比率較 ADDnH 兒童爲高，尤其是安置在嚴重情緒困擾(SED)特殊班爲多，在百分之十二的 ADDH 兒童在 SED 特殊班，但卻沒有 ADDnH 兒童被安置在 SED 特殊班，這可能是因爲 ADDH 兒童的外向性問題比較難爲普通班教師所接受，也比 ADDnH 兒童的內向性問題容易被發現，而容易以行爲問題被轉介到特殊教育。相反地，ADDnH兒童被安置在學習障礙(LD)班比 ADDH 兒童略高，53%的 ADDnH 和 34%的 ADDH 接受 LD 特殊教育(Barkley,1990)。由此可知，ADDH 兒童的行爲問題較爲人所注意，而 ADDnH 兒童的學習問題較顯著。

(二)依神經心理功能區分

　　在神經心理測量方面,巴克雷綜合文獻發現 ADDH 兒童在額葉功能方面表現顯著差於 ADDnH 兒童,而 ADDnH 兒童的額葉功能和正常兒童並未見顯著差異,另外,ADDH 兒童在前額葉到四肢的通道之功能也被提出有問題。而 ADDnH 的問題在腦皮質後面的海馬系統(hippocampal system)。神經生化方面,薛維茲等人(Shaywitz et al., 1986)發現 ADDH 和 ADDnH 兒童服用中樞神經興奮劑(methylphenidate)時,他們血液中賀爾蒙和 prolactin 激素的含量有差異,因此薛維茲等人認為 ADDH 的神經功能的問題在度巴明(dopamine),而 ADDnH 的問題則在正腎上腺素(norepinephrine)。目前雖然藥物對這兩類兒童都有效,但對 ADDH 兒童效果較被肯定,能有效治療 ADDnH 的方式卻待進一步研究。

(三)依外向性或或內向性問題區分

　　ADHD 兒童可能會伴隨問題行為,包括有外向性和內向性問題行為,其中內向性症狀(internalizing symptom)不像 ADHD 患者的外向性症狀被研究的較頻繁,而且 ADHD 患者的內向性問題也較不被注意。

1. 外向性問題行為:

　　ADHD 兒童容易出現外向性問題行為,包括攻擊、反抗、偷竊、破壞東西以及爆發性的行為等,在美國精神醫學學會(APA)的 DSM-III-R 將這些行為歸類為「對立性反抗行為異常」(Oppositional defiant disorder,簡稱 ODD),ODD 與違規行為障礙(conduct disorder,簡稱 CD)和反社會行為(antisocial behavior)二者的發展關係密切(Barkely, 1990)。雖然,ADHD 和 ODD 是獨立的診斷,但很多研究發現這兩者間的相關很高,同時出現機會更大,研究發現,ADHD 兒童又

有攻擊行為者出現說謊、肢體攻擊、偷竊的問題比單純的攻擊性兒童或單純 ADHD 兒童來得高，而且前者比後兩者受同儕排斥的程度較大。ADHD 又伴隨 ODD 或 CD 的兒童和單純的 ADHD 在適應上差異很大，前者的患者的適應問題較後者大得多，研究上發現這群 ADHD 兒童除了出現外向性行為問題之頻率較高外外，也常被認為是「問題兒童」或「不良少年」，而且他們的父母和家庭的問題也較嚴重，尤其是父母出現憂鬱、離婚、其他心理疾病或嚴重體罰的機會比單純 ADHD 兒童的家庭高，因此，巴克雷(Barkley, 1990)認為以外向性行為之伴隨與否（尤其是攻擊行為）來區分 ADHD 具有臨床上的意義。

2. 內向性問題行為：

　　根據巴克雷（Barkely，1990）、宋維村等（民 85）表示 ADHD 患者可能因為生活上之挫折、經常受到誤會或處罰，以及人際關係不佳，易造成自信心低落、焦慮、甚至憂鬱。巴克雷(1990)認為因為很多研究發現 ADHD 又具內向性問題的兒童對使用興奮劑的藥物治療效果較差，反而用抗憂鬱的藥物(antidepressant medication)的療效較佳，除了藥物治療方式的不同，這一群 ADHD 兒童長大後罹患情感性疾患(mood disorders)或焦慮性疾患的機會較大，雖然尚未追蹤研究對這群兒童的發展提出實證資料，但筆者的研究(Hung, 1991)也證實高焦慮 ADHD 的確是 ADHD 的一種類型。因此這類型之 ADHD 兒童可說是目前人們對 ADHD 認識最少的一群。

（四）依症狀的持續性區分

　　至於過動、不專注或衝動的症狀是否跨情境的出現，或只在某些情境才出現或是持續性在不同情境出現。巴克雷(Barkley, 1990)認為DSM-III-R 所認定的 ADHD 傾向於情境式的 ADHD（只要出現某些情境即可），而歐洲的 ICD-10 診斷 ADHD 採持續性（需跨情境），然而 DSM-IV已將情境式的 ADHD 改為持續式，和 ICD-10 相同的主張，可參考本書第二章對 ADHD 的診斷標準之演變。

　　在 DSM-IV 出版之前，過動問題的情境性在美國文獻有不同說法，有些學者認為情境式的 ADHD 主要是由其他問題所產生的(Sandberg et al.,1978; Schachar et al., 1981)，這種情境式的 ADHD 並未見有認知能力的缺陷，亦即本書第一章所謂之第一類型之一般過動問題。普遍性或持續性的 ADHD 才是真正的 ADHD，也常伴有認知能力的缺陷(Barkley, 1990)；也有學者認為情境式的出現也算是 ADHD，症狀出現的情境多寡，代表 ADHD 程度輕重的差異(Bourdrault et al., 1988)以 DSM-III-R 所提出的 ADHD 分輕、中、重度等三種程度，情境式的 ADHD表示較輕微的 ADHD，而普遍性的 ADHD 則為重度程度，然而 DSM-IV 主張診斷 ADHD 的條件之一，為症狀需出現在「兩個或兩個以上的情境」，只有在家裡或學校單一情境出現的問題都不算 ADHD，因此持續性的區分應對 ADHD 問題會出現在兩個或兩個以上情境的患者，再加以區分，如此一來，就可以巴克雷所說的，將出現問題情境之普遍供臨床診斷ADHD 嚴重程度的參考。本書第一章也提出初步篩選情境式的 ADHD 的方式。

（五）依學習能力區分

　　由鑑定注意力缺陷過動症之標準(見第二章)，可知 ADHD 學生之學習能力可以由輕度智能障礙(IQ50 以上)一直到智力優異，因此 ADHD 學生除了其症狀之差異外，在學習能力也可能差異很大，這對於他們之學習潛力及適應困難會有影響。此外，ADHD 學生常伴隨學習障礙(Barkley, 1994)，由於 ADHD 所伴隨學習障礙類型之不同，也將顯現出其不同的學習困難。

　　所以 ADHD 兒童之診斷和教育輔導計畫之擬定應考慮的其組內之差異性，他們會因不同類型可能出現不同的問題和教育輔導需求，因此教育工作者為達因材施教之目標，則不得忽視 ADHD 可能之類型，不要刻板化的期待 ADHD 兒童的表現與問題。

第四節　常見的適應問題

　　ADHD 兒童除了本身症狀所帶來的問題(即不專注、衝動、過動)外這些稱之為「原始問題」(primary problems)，還有上述常見的適應問題，上述問題可能是 ADHD 學童之症狀所衍生之問題(secondary problem)，或是 ADHD 學童同時伴隨的其他障礙(學習、口語、溝通、動作等)。前者之 ADHD 與適應問題有前後因果關係，後者則為同時並存多種問題，彼此可能源自同一成因，或是不同成因。ADHD 學童可能因未受到適當的教育或輔導，而導致衍生的適應問題比症狀本身更嚴重，或更無法為學校師生所接受，因此，教育與輔導 ADHD 學生時，專業人員需注意到可能之適應問題的預防或處置。

一、認知能力缺陷

　　ADHD 兒童的智力比一般同年齡的兒童或他們自己的手足的智商少 7 到 15 分左右(Barkley, 1990)，他們視動協調等能力也被發現比普通兒童低(Carlson et al., 1986)。其他認知能力方面，除了症狀之注意力、衝動外，ADHD 兒童的記憶、組織能力、問題解決能力、自己形成規則(self-generating rules)等能力也明顯表現出困難(Barkley, 1990)。

二、語言障礙

在 ADHD 兒童早期語言能力的發展，出現語言發展遲緩的比率比一般同年齡的兒童高，語言遲緩比率各為 6-35%和 2-5.5%(Hartsough & Lambert，1985)，巴克雷綜合臨床經驗和和研究文獻也都發現 ADHD 兒童在表達性語言的障礙比接收語言的障礙多，尤其是需要立即回答的談話的困難更明顯(Barkley，1990)，然而，任投爾(Zentall，1993)發現 ADHD 兒童在自己引起話題的談話，可能表現較多話，但在回答問題上就顯得話少很多，所以 ADHD 兒童表達語言性的困難可能是接收談話訊息所造成的，因為史脫爾等人(Shroyer et al.,1986)發現 ADHD 在聽故事敘述內的資料也較一般人差(引自 Zentall，1993)，換言之，ADHD 可能因無法接收與談話中的線索，因而造成回答式的表達較引言式的表達差。

三、學業低成就

ADHD 學生的成就在標準化「廣泛範圍成就測驗」(Wide Range Achievement Test-Revised, 簡稱 WRAT-R)的測量結果，發現他們在所有學科都落後於平均數，包括閱讀、書寫、和數學，即使在控制智商的條件下，其計算的速度和表現也較差(引自 Zentall，1993)，任投爾認為這種數學表現困難可能是 ADHD 學生的不專注、視動協調和計算速度慢的結果(Zentall，1993)。

在閱讀方面，約有 9%的 ADHD 學生被發現有閱讀低成就 (Haplperinet et al., 1984，引自 Zentall, 1993)，在詞彙和閱讀理解的比較，ADHD 學生在詞彙落後的現象比閱讀文章的落後情形輕微，納斯保等人(Nussbaun et al., 1990)認爲這可能是因爲詞彙和注意力持續較無關，而閱讀理解卻很需要注意力持續，因此 ADHD 學生在閱讀理解的困難較明顯。

四、生理健康的問題

巴克雷指出 ADHD 兒童出現輕微生理異常(minor physical anomalies)的現象較一般兒童多，這些身體上的異常包括食指比中指長、小指彎曲、三趾比二趾長、耳朵軟而多肉、兩眼分得較開等(Barkley, 1990)。此外，很多研究也發現 ADHD 兒童在嬰兒或兒童時的健康問題比一般兒童多，甚至，也發現 ADHD 兒童較一般兒童容易過敏、尿床、睡眠不穩等問題。除了上述疾病或異常的生理健康問題外，ADHD 兒童也較一般兒童容易有意外事故，因此骨折、頭受傷、嚴重瘀傷、或意外中毒等受傷的機會也較一般兒童多(Barkley, 1990)

五、情緒困擾

有行爲或情緒問題的 ADHD 患者也相當普遍，具估計 ADHD 患者得至少一種精神異常(psychiatric disordor)的診斷有 44%，兩種診斷的有 32%，有 11%的 ADHD 患者有至少三項的診斷(Szatmari et al.,

1989；引自 Barkley, 1990)，可見 ADHD 患者情緒困擾的嚴重性，ADHD 兒童常見的心理問題有焦慮、憂鬱、或低自我概念等；另外 ADHD 患者出現心因性疾病的比率也較一般人高，他們常報怨頭痛、肚子痛、或其他不清楚的疼痛(Barkley, 1990)。筆者研究（民 82）也發現 ADHD 兒童對自己的滿意度也不高，其自我概念除了「對身體特質的自我概念」外，在「兒童自我態度問卷」(郭爲藩，民 76)的其他七項自我概念也都顯著低於一般同年齡的兒童，表示其本人也不滿意喜歡自己的狀況。

六、社會不適應

ADHD 兒童出現違規行爲或攻擊行爲機會很高，具估計 21-45%的 ADHD 兒童和 44-50%的 ADHD 青少年有嚴重的違規行爲問題，其嚴重性已符合 DSM 所訂的違規行爲障礙(CD)的標準(Szatmari et al., 1989; 引自 Barkley,1990)；此外，ADHD 學童也有人際關係的問題，筆者(民 82)發現 74.2%的 ADHD 學生受同儕喜歡的程度在班上平均數以下，而 77.1%受同儕排斥的程度在班上平均數以上，可見其人際關係問題之嚴重，米利其等人(Milich et al., 1982)曾歸納 ADHD 兒童人際關係的四點主要問題，(1)不適當的課堂行爲、(2)認知和溝通能力的缺陷、(3)攻擊行爲或不當的社會行爲、和(4)缺乏適當社會行爲，筆者研究(民 82)發現不當社會行爲確實是 ADHD 兒童人際關係問題的主要因素，在該研究中所指的不當社會行爲除了包括外向性行爲問題外，內向性行爲問題也是預測 ADHD 學童人際關係的有效因素。

七、動作障礙

　　國內宋維村和侯育銘（民 85）提出 ADHD 兒童容易合併其他障礙，除了上述問題之外，他們還提出抽搐性的動作障礙(tic disorder)和動作協調障礙。他們發現 ADHD 兒童同時伴隨習慣性的抽搐動作之比率較一般人高，特別是杜瑞氏症(Tourette Syndrome)。此種兒童所出現之干擾行爲或活動過多可能會與一般單純之 ADHD 兒童不同，其藥物治療也不適合採用一般 ADHD 兒童所服用的中樞神經性奮劑。

　　ADHD 兒童的動作協調障礙可能包括精細動作差、視動協調差、手腳協調差等動作上之問題，所以雖然他們動作多，好爬上爬下的，跑來跑去的，但是他們在運動或體育方面的表現可能不見得比一般兒童好（宋維村、侯育銘，民 85）。只是，上述動作協調之問題是來自所謂之動作協調障礙或是因爲 ADHD 兒童之衝動、對自己行爲之控制不佳所致，尚待進一步探討。

第四章

注意力缺陷過動症成因

導讀問題：

1. 注意力缺陷過動症之生理的成因有那些？彼此間的關係為何？

2. 腦神經解剖學和腦神經化學的觀點對注意力缺陷過動症之成因說法有何差異？

3. 請解釋近年來工業化社會造成過動兒增加的說法。

4. 注意力缺陷過動症之生理和環境的關係為何？

　　注意力缺陷過動症的成因在歷史上曾有多種說法，但文獻上主要
討論的成因有五種，一般可從神經生理、基因、藥物的副作用、環境
的毒素與環境和社會心理等因素來探討造成注意力缺陷過動症(ADHD)
的原因(Barkley, 1990)。

第一節　神經生理的原因

　　腦傷是最早被認為導致注意力缺陷過動症(ADHD)的原因，也是一
直為一般人所接受的原因，造成腦傷的因素包括腦部外傷、感染、懷
孕或生產期間所造成傷害，但是在過去的研究中發現這些原因和 ADHD
及腦傷的成因關係不大，只有 5%以下的 ADHD 被證實有腦傷的事實，
另外，研究發現很多 ADHD 的患者並沒有造成腦傷的病史，例如在母親
懷孕時或生產時出現可能造成傷害的現象，也未見顯著高於其他正常
人(Barkley, 1990)， 雖然有些研究發現 ADHD 患者在生產時過程費時
過長或過短、使用低位鉗生產(low forceps delivery)或母親患懷孕

時的毒血症(toxemia)的比率稍略高於一般人(Hartsough et al., 1985)，或是嬰兒體重過輕(Nichols & Chen, 1981)、母親年紀太輕(Hartsough et al., 1985)、母親懷孕時抽煙、或酗酒等原因造成 ADHD 的可能性很高，然而這些原因如何造成 ADHD 的癥狀，過去運用腦波(EEG)、電腦斷層掃描(Computer Axial Tomography，簡稱 CAT)、或核磁共振腦象(Magnetic Resonance Imaging，簡稱 MRI)等儀器都無法找出具體的答案，近年來由腦神經解剖(neuroanatomical)和腦神經化學(neurochemical)的觀點找到較令人信服的原因，證實 ADHD 癥狀的病因，以下分別就這兩個觀點討論。

一、腦神經解剖學的觀點

一般而言，大腦可分為皮質和皮質下的組織，皮質主要分有腦葉，包括額葉、顳葉、頂葉和枕葉，研究發現額葉區功能失調，特別是額葉前的區域功能失調和注意力缺陷過動症有關(Riccio et al.,1993)，可能的解釋是由於額葉前的區域髓鞘發展遲緩所致，在陽電子斷層攝影(Positron Emission Tomography，簡稱 PET-scan)掃描研究(註一)，發現 ADHD 兒童的額葉和底神經節(basal ganglia)的新陳代謝活動比一般兒童慢，而在感覺和感覺動作區的新陳代謝活動較多(Zametkin et al, 1990, 引自 Riccio et al., 1993)，ADHD 患者額葉區的新陳代謝活動較低的說法也被其他學者證實(Barkley, 1990)，Staterfiled(1986)綜合前人研究，發現額葉前和額葉的邊緣區域功能障礙為 ADHD 神經生理的主要原因，由於這些區域負責動作規律和抑

制，因此 ADHD 的衝動、無組織感的行為和此障礙符合。

　在 MRI 之研究發現這區域的障礙在右大腦比左大腦明顯(引自 Barkley，1990)，Staterfield 指出，ADHD 患者在右額葉的活動量較一般人少的現象，在左大腦額葉並不明顯(Barkley，1990)，他們也發現 ADHD 兒童在右顳葉較一般人小，而閱讀障礙者在左顳葉較一般人小，其他的研究也發現右大腦損傷的大人或小孩出現注意力問題的病率較高，問題包括在警覺力、分心或由意志控制的行為表現等，而這差異可能不只單獨影響右大腦的功能，也可能影響左右大腦連結的功能(Riccio et al.，1993)，亥德等人(Hynd et al.，1992)也發現 ADHD 兒童的胼胝體的內膝區(genu)和壓部(splenium)的面積比一般兒童小，他們進一步研究胼胝體(corpus callosum)，發現 ADHD 兒童之胼胝體除了後段外，均小於一般兒童，這個現象也被其他學者肯定，另有學者研究 ADHD 兒童、杜瑞氏症(Tourette syndrome) 兒童與一般兒童，發現 ADHD 兒童在頭側之胼胝體的前段較一般兒童小，而杜瑞氏症患童之胼胝體自中段後出現增大(引自 Barkley，1997)，所以在連結左右大腦功能的胼胝體也發現他們在神經解剖上異於一般人。

　雖然很多研究證實右大腦和 ADHD 的關係，由上述胼胝體的研究，也有學者注意到 ADHD 不只是和右大腦功能失調有關，也包括其他腦功能失調，而且不同的腦功能受損可能和不同類型的注意力缺陷症有關(Voeller，1986,引自 Riccio et al.,1993)，也有研究者提出類似的觀點，他們發現額葉區或枕葉區的功能受損所造成的注意力缺陷症，可能和注意力缺陷伴有過動(ADDH)和注意力缺陷沒有過動(ADDnH)不同的兩類型有關(Schaughency et al.,1989, 引自 Riccio et al.，1993)。

二、腦神經化學的觀點

　　腦神經化學的觀點所研究的注意力缺陷過動症多和神經傳導質有關，研究發現 ADHD 兒童和一般兒童的腦脊髓液(cerebrol spinal fluid)中的度巴明(dopamine)有顯著差異，ADHD 兒童的度巴明顯著少於一般兒童(Raskin et al., 1984，引自 Barkely, 1990)，另外研究也發現度巴明和違規行為障礙(conduct disorder)有關(Bowden et al., 引自 Barkley, 1990)；綜合上述腦神經生理學的發現，Levy(1991)提出 ADHD 的功能失調是由於度巴明在前額葉和底神經節區巡迴異常現象所致，這種異常現象會造成計畫能力、或自動規劃行為方面的缺陷(引自 Riccio et al., 1993)，雖然有研究並不支持度巴明的病因，但由於中樞神經興奮劑的使用，可以達到抑制過動、分心的治療效果，神經傳導質缺乏的病因就廣為大家接受。

第二節 基因

　　基因的病因可由兩方面證實，其一是雙胞胎的研究，結果發現同卵雙胞胎同時出現不專注、過動的問題比異卵雙胞胎同時出現這些問題的機率較高，最完整的研究屬辜德門(Goodman, 1989)等人的報告，他們研究了 127 對同卵雙胞胎和 111 對異卵雙胞胎，結果發現同卵雙胞胎有 51%的機會同時出現過動的問題，而異卵雙胞胎則只有 33%的機率，另一項證實基因成因的研究是直系家族出現 ADHD 的機率研究，雷喜(Lahey, 1988)的研究發現，ADHD 的父母或手足也有 ADHD 的比率比一般兒童較高，據巴克雷估計，約為 20%到 32%比率的 ADHD 兒童的父母或手足有此問題，莫立生(Morrison)等人研究發現，ADHD 兒童的父母也是ADHD的人數約為一般兒童的父母患ADHD的四倍(引自Goldstein et al., 1990)。根據上述辜德門的研究，ADHD 應約有 30%到 50%的比率是有基因因素造成的，約有 0%到 30%為環境因素所控制的。

　　此外，染色體的異常也曾被提出為造成 ADHD 的原因之一，脆弱的 X(fragile X)和ＸＹＹ與 ADHD 有關，多一個Ｙ染色體的男孩在臨床上發現也易有過動與語文和操作能力上的問題(Hynd et al., 1991)。

第三節　環境的毒素

　　環境中被提出和 ADHD 有關的有害物質或毒素有人工添加物、糖、鉛和煙酒等。但除了母親服用煙酒的毒害外，其他說法尚未見到可信的證據。

一、費勾德的人工添加物之說

　　人工添加物，如柳酸、色素或防腐劑等曾為 1970 年代最被接受的ADHD 成因，美國加州過敏科醫師費勾德(Feingold)認為，過半數的 ADHD兒童都對人工添加物過敏，而現代社會卻充斥著這些含有毒素的食物，因此他們會出現過動等問題，他主張以自然食物治療 ADHD，即提供不含人工添加物的食物，雖然費氏的論調受到大眾和媒體的重視，但研究上一直無法提出具體的證實資料，雖曾發現有一小部分(小於 10%)學前的兒童因人工添加物出現較多的不專注和活動量，但卻無法證實這項結果是這些食物使正常兒童罹患 ADHD，或是使 ADHD 兒童的問題更嚴重，因此人工添加物的說法仍無法解釋 ADHD 的成因(Barkley, 1990)。雖然如此，費氏的食物治療在美國已蔚成一股風潮，費勾德協會(Feingold Association)在美國已有 120 個支會，會員高達一萬人以上(引自 Heward & Orlansky, 1988)。

二、糖

糖也曾經被認為造成 ADHD 的原因，這個說法在 1980 年代一度風行，筆者在美國的特殊班實習時(約於 1988-1990 期間)，多數情緒困擾(seriously emotional disturbance)特殊班的教師都刻意地在早餐避免出現高糖份的東西，如巧克力牛奶、甜甜圈等食物，甚至在美國頗具收視率的電視猜謎遊戲「難題」(Jeopardy)，曾於 1987 年一月份的節目中出現「在北美洲造成過動的主要原因」問題，結果答案竟是「糖」，可見此說法的流行之廣，然而，這項說法一直未見研究提出可信的證據(Barkley, 1990, Goldstein et al., 1990)，這種似是而非的觀點，也許不能解釋 ADHD 的成因，但正如郭斯登等人(Goldstein et al., 1990)所表示的，很難說糖不會使兒童的行為變壞，雖然治療 ADHD 無效，可是對預防現代兒童的蛀牙和肥胖倒也有助益。

三、鉛中毒

除了人工添加物和糖以外，血液中的鉛含量提高也會造成過動和不注意等問題，血液中鉛含量過高會傷害腦神經細胞，鉛中毒的結果會損傷智力和其他動作能力(Goldstein et al., 1990)，也有些研究證實體內鉛含量和過動問題有關，但巴克雷(1990)綜合文獻發現，ADHD兒童和一般兒童一樣，體內的鉛含量和過動、不專注雖然稍有點關連，但影響力並不大，體內鉛含量的提昇可能影響些微過動或不專注的行為，但不可能是造成 ADHD 的主要原因。

四、母親服用的煙酒

　　母親懷孕期間服用煙酒被證實和 ADHD 兒童有關，ADHD 兒童的母親懷孕期間服用煙酒的比率比一般兒童高，巴克雷(1990)認為這種相關並無法說明因果關係，可能是母親服用煙酒造成胎兒腦部缺氧現象而間接造成 ADHD 的，可是這種相關也無法排除遺傳的因素，如服用煙酒的母親有 ADHD 的小孩，可能她們本身就有 ADHD 的問題，因為 ADHD 成人也有濫用煙酒之問題。因此，這數據無法說明母親服用煙酒是直接造成 ADHD 的主要原因。

第四節　藥物的副作用

　　文獻證實治療突發式的疾病(seizure disorder)，如癲癇，所使用的藥物會造成分心、過動的問題，特別是苯基巴比特魯(phenobarbital)和狄蘭丁(Dilantin)，據藥品評述(Committee on Drug, 1985)估計，約 9%到 75%的服用苯基巴比特魯兒童會出現分心、過動的問題，這問題可能是藥物所引起的，也可能是藥物將原先就有的 ADHD 問題惡化了，但最近研究發現，這些因藥物副作用而出現過動、分心的兒童，很少符合 ADHD 完整的診斷標準(Brent et al., 1987; 引自 Barkley)，因此藥物副作用應不是造成 ADHD 主要的原因，惟，由此事實可得知，面對服用抗驚厥(anticonvulsants)藥物的兒童出現類似 ADHD 的問題時，診斷更需要謹慎，另外，對於 ADHD 兒童有癲癇的問題，給予抗癲癇藥時也需注意藥物可能使其過動、分心的問題更加嚴重。

　　另外，臨床上也發現治療氣喘或過敏的一種藥物—茶鹼(theophylline)，會造成兒童過動和不專心的問題，雖然未見研究正式證實，但根據巴克雷(Barkley, 1990)和筆者的臨床經驗發現，這藥物的副作用不至於讓兒童達到 ADHD 的診斷標準。因此，藥物副作用的說法無法證實是造成 ADHD 的成因，但它可能造成過動、不專心的問題，或使 ADHD 兒童的問題更嚴重，至於避免診斷這類過動問題和 ADHD 混淆，可以參考本書第一章所討論的診斷一般過動問題的程序。

第五節　環境和社會心理因素

　　在 1970 年代，造成 ADHD 的環境因素一度被柏拉克(Block，1977)等學者提出，他們認為過動行為是環境刺激控制不當造成的結果，這可能是柏氏所謂的「文化的速度」(cultural tempo)，過快的生活步調與過多的環境刺激，造成很多過動兒，或是威立斯等人(Willis et al.，1977)認為不當的父母管教方式會造成 ADHD。

一、文化的速度

　　柏拉克(Block)認為當時社會環境的步調加快，環境刺激過多，導致個體生活中有過多的興奮而出現過動、分心問題，對於柏拉克的論點，一些跨國或跨文化的比較卻反駁了他的看法，所謂文化步調較慢的東方社會，ADHD 的出現率並未顯著少於西方社會，如本書第二章所討論的，而且巴克雷認為柏氏未清楚的定義西方「文化的速度」的涵義，讓人無法證實其說法(Barkley，1990)。筆者認為柏拉克所談之過動問題應屬於第一章所謂之一般過動問題，因為筆者發現不少被轉介之過動兒個案，有些就是因為父母提供太多刺激、或是孩子程度跟不上父母或教師之腳步，而導致常不專心、愛作白日夢、容易遺忘、坐

不住、身體動不停，當父母減少孩子的活動、幫助孩子確知自己
的作息，耐心等待孩子的數度或提供孩子自己決定與負責之作法後，
這些孩子的上述像 ADHD 之問題行為就明顯的減少了。

二、父母管教方式

　　威立斯等人(Willis et al., 1977)認為，不當的父母管教方式會
導致不良的自律行為，很多研究證實過動問題兒童的父母給孩子負向
的批評、對孩子較嚴苛或忽視孩子反應的行為比一般兒童的父母多，
相對的，研究也證實過動兒童比一般兒童對父母較不順從、較無反應、
或有較負向的態度，但是這些研究結果無法證實父母管教方式會直接
造成 ADHD。父母管教方式和 ADHD 的關係應是交互作用的影響，辜門
等人研究(Goodman,1989)估計，在 ADHD 的過動問題約有少於 10%的成
分是父母的因素。因為過動、不順從或所謂「難飼養型」氣質(difficult,
徐澄清，民 80)的兒童的確比一般兒童容易引起父母的體罰或負向的
管教方式(Kauffman, 1993)，研究也發現接受藥物治療的 ADHD 兒童在
藥物控制時，父母對他們的責備、懲罰等負向的管教行為也會顯著的
減少(Barkley, 1990)。　由此可知，ADHD 會和父母管教交互作用影響
兒童的問題行為，然而，父母管教不當應不是 ADHD 之主要成因，筆者
認為父母管教不當，例如過度放鬆型（包括縱容孩子的行為、不提供
常規之訓練或是不協助孩子瞭解是非與適當不適當）、過度嚴格型（包
括拒絕、體罰或是剝奪孩子應有之需求），甚至父母管教不一致（包括
鬆嚴不一、標準不明確），都應只會造成一般過動問題，或是使其他問
題惡化之原因，不應為 ADHD 之主要原因。

　　目前對於注意力缺陷過動症的成因說法分歧，雖然由上述醫學儀器只能檢查出約 5%的 ADHD 患者(Barkley,1990)，然而近十五年有關腦神經方面的研究，已逐漸肯定 ADHD 的直接成因為腦神經系統的異常，包括額葉腦細胞活動少、右大腦部份結構較小、腦神經傳達質較少等，其中以額葉活動少與腦神經傳達質少之成因最受肯定。至於為什麼會造成上述腦神經功能的異常，可能的原因可能包括生產前、產時、以及發展時的疾病或是環境等因素，而其中以基因遺傳的因素最被肯定，只是目前尚無法確知其影響之比率，而且後天環境和先天因素的交互作用也不容忽視（參考圖 4-1）。其他成因如人工添加物、糖、鉛中毒或藥物副作用可能會導致一般過動問題，但應不致於造成符合鑑定標準之 ADHD，或是可能惡化問題的因素，除非上述原因能導致腦神經系統之異常，否則仍無法列為可信的成因。

　　近幾年國內由於高度工業化的問題，在都市地區發現過動兒之人數遽增，正如同上述討論之造成 ADHD 之環境因素，很多孩子可能因父母長期忙碌忽略了孩子的適應速度與應有之練習，而導致孩子如柏拉克所說的，因跟不上快速的生活步調，而出現不專心、衝動（或稱常犯錯、常遺忘）或是安靜不下來之問題，甚至很多都市的孩子在缺乏活動的空間與時間之狀況下，整天精力充沛、靜不下來，這些孩子可能在報章雜誌所宣稱之活動或飲食方法會出現不錯的效果，但是事實上，這些原因不足以為 ADHD 的成因，其所造成之問題可能僅是一般過動問題，而未必符合之 ADHD 鑑定標準，所以調整環境、活動方式或生活起居，當然會有效。因此，教師或家長不應不察覺此間差異，而混淆成因。

附註：

一、　陽電子斷層攝影(Positron Emission Tomography，簡稱 PET-scan)
　　　異於電腦斷層掃描(CAT)、或核磁共振腦象(MRI)，後兩者僅能測
　　　量一個人靜止或休息狀態之大腦，而 PET-scan 可以測量個人在
　　　從事某些活動的大腦狀況。

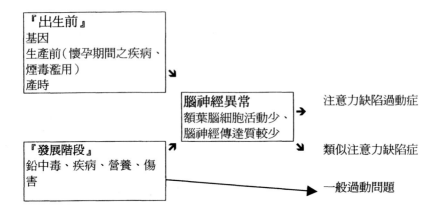

圖 4-1、ADHD 與過動問題相關類型之可能成因

第五章

注意力缺陷過動症的鑑定與診斷

導讀問題：

1. ADHD 兒童鑑定所需要之標準為何？各代表什麼意義？

2. ADHD 兒童的鑑定所需要之專業人員為何？各擔任何種功能？

3. 有關 ADHD 主要症狀的評量應注意些什麼？

4. 魏氏兒童智力量表在 ADHD 兒童之診斷上有何功能？

5. 鑑定與診斷兩項工作在 ADHD 學生之教育工作上有何意義？二者有何異同？

　　一般而言，多數注意力缺陷過動(ADHD)兒童異於內向性問題行為兒童，這些兒童常會被家長或教師轉介出來，經由大量篩選出來的個案較少，當學校得到轉介或篩選來的疑似注意力缺陷及過動的學生時，學校應先作初步鑑定問題的可能原因，參考第一章圖 1-1，進行第一、二步驟之區分性診斷。當學生不符合第一、二步之標準時，則學校應收集學生在校各項資料，例如學業成就、學習行為、社會行為，以及其他能力表現等，由受過專業訓練之心評教師、ADHD 專業種子教師或專業的學校心理學家進行鑑定。另外也可將學校收集之資料一併轉介到醫院兒童精神科、兒童心智科或兒童腦神經科做進一步之鑑定，必要時注意力缺陷過動學生可能需要藥物治療。本章主要從第一章圖 1-1 的第四步驟，討論 ADHD 的鑑定與診斷，並由鑑定標準的系統、鑑定與診斷、常用的評量工具和案例介紹來說明。

第一節　心理疾病鑑定標準的系統

　　一般對行為異常(behavioral disorder)的鑑定方法分為兩部分：臨床經驗所得的分類系統(clinically derived classification system)和統計方式所得的分類系統(statistically derived classification system)(Rosenberg et al., 1990)。

一、臨床經驗所得的分類系統

　　這套系統是由臨床工作人員對某一疾病的實際觀察和經驗累積所得到的一組鑑定特徵，這組特徵(即鑑定標準)可以幫助臨床工作人員很快的區分個案和其他疾病的特徵不同，而鑑定出個案的疾病。北美普遍使用的美國精神醫學學會所出版的「診斷及統計手冊」(DSM)中的鑑定標準就是這種分類系統，DSM-III-R 和 DSM-IV 所提出注意力缺陷過動症的診斷症狀為不注意、衝動和過動，即是根據多年來的臨床工作經驗和研究所得。這本手冊對每項心理疾病提供主要和次要特徵的描述和鑑定標準，並列出有關該疾病的生理缺陷、壓力和未發病前的發展層次(Quay, 1986)。這套系統雖然具有多年的臨床經驗，但也有其缺點，尤其對教育工作者而言，其主要缺點包括：(1)和學校情境缺乏關聯；(2)無法將某一心理疾病歸為同質性的團體；(3)缺乏比較不同處置效果的評量標準或方法；(4)只指出鑑定標準，但未提出評量的方式；(5)評量的技術缺乏信、效度(Walker & Fabre, 1987)。

二、統計方式所得的分類系統

　　統計方式所得的分類系統和前者不同，其利用客觀的統計方法來分類不同行為問題。這套方法常利用心理計量學編製標準化的評量工具，收集足夠的資料加以統計分析，常用的是因素分析、叢集分析(cluster analysis)，經由很多研究者不斷的研究，已將目前常見的注意力缺陷過動症的行為特徵分為兩類，如雷喜等人(Lahey et al., 1988)曾以包括DSM-III項目的SNAP量表(Pelham & Murphy, 1981; 引自 Hung, 1991)進行因素分析，結果得到兩個因素，不注意—無組織(inattention-disorganization)和活動過多—衝動(motor hyper-activity-impulsivity)兩個因素，筆者(Hung, 1991)也曾以由 DSM-III-R項目組成的「學生問題行為評量表」(AH scale; Peleham, unknown; 引自 Hung, 1991)在國內學童中取得的資料，因素分析結果發現只有一個因素。這些統計方式的系統不但可以提供滿意的信、效度，也可以編製和學校情境有關的評量，甚至也可以考慮在學校和家庭兩種不同的情境，分別編製評量工具，在美洲以外的地區所使用的「國際疾病分類」(ICD)系統則較偏為統計方式系統，其不但提出不同情境的行為特徵，也建議以百分等級 95 為鑑定標準。然而，統計方式系統依賴多變項統計方法，因此需要相當大量的資料，對於某些個案數量有限的疾病可能不適當(Clarizio, 1987)，另外，這一類的分類常因過於要求客觀，而常導致忽視某些疾病在不同發展階段所出現的意義並不一樣的現象(洪儷瑜，民81)。

第二節　注意力缺陷過動症的鑑定

　　由於上述兩套評量系統的鑑定方式各有優缺點，郭斯登等人(Goldstein et al., 1990)綜合上述系統，提出多科際整合(trans-discipline)和多資料來源(multiple sources)的鑑定原則。

一、鑑定原則

(一)多科際整合

　　在注意力缺陷過動兒童的鑑定方面常以醫生、心理學家和教師為小組主要成員，在美國多數的注意力缺陷過動兒童的鑑定和藥物治療以小兒科醫生為主，而在臺灣則以精神科醫生或小兒腦神經科醫生為主，美國學校系統常有學校心理學家(school psychologist)負責心理評量工作，但是國內學校系統沒有這樣的專業人員，但有目前國內大學校院也沒有類似科系培養這種專業人員，因此國內學校教育系統可能可以讓心評教師或 ADHD 專業種子教師在學校內擔任類似學校心理學家之工作。郭斯登等人(Goldstein et al.,1990)對醫生、心理學家和教師在鑑定工作所司職責有下列說明：

1.醫生(physicians)

郭斯登等人(Goldstein et al., 1990)認爲，醫生在注意力缺陷過動症(ADHD)的鑑定和診斷上有四項主要職責：(1)負責和解釋生理和腦神經方面的檢查，以確定兒童是 否有腦神經解剖上的異常或其他生理症狀，例如腦波(EEG)、電腦斷層掃描(CAT)、核磁共振(MRI)、陽離子斷層攝影(PET)等或其他生理症狀（如氣喘），這些資料可以幫助判斷兒童的過動問題是由於 ADHD，還是如第一章所討論的其他症狀；(2)檢查和確定兒童造成 ADHD 的病因，如遺傳、造成腦傷的病史等，這些病因可以協助鑑定 ADHD；(3)收集和確定兒童是否具有符合 ADHD 的癥狀，以便鑑定兒童的 ADHD；(4)檢查或經由兒童的診療史，確定藥物治療對兒童是否有任何明顯的危險性，如自閉症兒童或對藥物過敏者。診斷 ADHD 之醫生分有小兒神經科醫師與小兒精神科醫師，前者較專長於腦神經生理、心理方面之診斷，對於上述第一、二項診斷工作較爲專精，後者專長於 ADHD 之鑑定標準與相關心理症狀之區別診斷，爲前述三、四項工作。

2.心理學家(psychologists)

在學校提供服務之心理學家可分有臨床心理學家(clinical psychologist)和學校心理學家(school psychologist)，但以學校心理學家之專業訓練與職責與 ADHD 學生之鑑定相關較大。鑑定 ADHD 的主要任務，在執行和解釋標準化的心理計量評估工具(psychometric assessment battery)以及綜合研判。因應國內學校教育在特殊兒童鑑定安置輔導工作之需求，部份縣市特殊兒童鑑定、安置輔導委員會曾培育了心理評量教師與 ADHD 專業種子教師擔任類似工作。心理評量教

師多數是召集受過心理評量與測驗、特殊兒童概論與特殊兒童評量與診斷等專業訓練之特教教師或輔導教師，給予密集且持續之有關各類特殊兒童之心理評量與測驗以及綜合診斷研判的專業訓練，並給予証照多數縣市稱之為心評人員；過去三年內部份縣市也召集受過心理評量與測驗、特殊教育或輔導等專業訓練之教師給予 ADHD 有關之訓練稱之為 ADHD 種子教師，試圖在縣市內建立診斷與輔導 ADHD 學童之專業教師。

國內目前各醫院依據人力結構之差異，心理評量工作部份由醫院的相關專業人員實施，如醫生、護士或其他非心理專業的治療師實施，也有些醫院聘有心理師，由心理師實施，只是心理評量與測驗之綜合研判應由心理學家負責，但國內之醫院可能仍由醫師擔任。可能這與國內心理師之專業地位未受肯定及醫院之專業團隊未建立有關，目前國內由於尚未有學校心理學家的專業訓練課程，而兒童臨床心理學家的訓練甚至尚未十分專業化（職前訓練尚未區分成人或兒童），且訓練人數供不應求，為滿足此需求，筆者認為目前國內主修教育心理，且加修有特殊教育，特殊兒童診斷和診斷實習，或是主修特殊教育並修有心理測驗和診斷實習課程的畢業生，再提供專科訓練與督導後，應足以擔任國外學校心理學家所進行之心理測驗的實施、解釋與綜合研判等工作。

3. 教師

教師的評量常是鑑定 ADHD 的主要資料收集來源之一，除了父母或養育者之外，教師是長期直接接觸學生的人，由於教師接觸與所評兒童相仿年齡的兒童經驗較多，可以透過和其他學生的經驗，與參照表

現作比較，對學生作出較合適的判斷，另外，由於教師受過專業訓練，對學生的關係比較能夠維持客觀的意見，不若父母常愛子心切，易對孩子作出較不客觀的意見，而且，研究發現教師對心理問題的判斷與父母的判斷相較，前者較與衛生專業人員的判斷較一致，因此，教師的評量在鑑定上就顯得格外重要。除了提供兒童在學校情境的不專注、過動、和衝動等問題之評量外，由於教師對學生在學校情形也最了解，較能提供學生在校的完整資料，包括能力表現、成就、工作效率、人際互動、與其他社會行為等，這些資料都有助鑑定 ADHD。

(二)多資料來源

　　鑑定 ADHD 除了需要上述人員的參與，也需要多方面的資料來源，這些資料來源除了來自上述專業人員(醫生、心理學家和教師等)外，還包括兒童自己、家長、教師或專家直接觀察的資料。

1. 來自兒童本身的資料：

　　如運用上述直接測量的工具、直接觀察兒童在不同情境的行為表現、或直接與兒童晤談的資料等，也有由兒童自評的量表，如上述的兒童行為檢核表也有自(Child Behavior Checklist-Youth Self Report，簡稱 CBCL-YSR； Achenbach & Edelbrock, 1987)，另外柯能氏等人(Conners & Wells, 1985)也發展注意力缺陷過動青少年自我報告表(ADD- H Adolescent Self-Report Scale)，然而，在鑑定工作上較少 運用自評量表，不像教師或家長評量表被運用的那麼多。筆者研究(1997)ADHD 學生對自己適應與不適應行為之表現的評量與 教師和同儕評差異較多，而教師評與同儕評的結果較為一致。

2. 來自家長的資料：

家長可以提供兒童在家的行為表現，因此很多運用在 ADHD 的評量表都特別編製有家長版，如柯能氏家長用評量表(Conners Parent's Rating Scale，簡稱 CPRS)、耶魯兒童問卷(the Yale Children's Inventory，簡稱 YCI；Shaywitz et al., 1992)、兒童行為檢核表家長版(Child Behavior Checklist-Parent Form，簡稱 CBCL-PF，Achenback & Edelbrock, 1983)、分裂性行為疾病評量表(Disruptive Behavidor Disorder Rating Scale，簡稱 DBD，Pelham, unkown)、修訂行為問題檢核表(Revised Behavior Problem Checklist；簡稱 RBPC，Quay, 1983)和國內發展之「兒童活動量表」(郭秀玲，民 70)等。

3. 來自教師的資料：

評量 ADHD 兒童的工具常都有教師用評量表，如柯能氏教師用評量表(Conners Teachers Rating Scale，簡稱 CTRS，中文版可參見拙作，民 81b)、注意力缺陷及過動整體性教師評量表 (ADD-H Comprehensive Teacher Rating Scale, 簡稱ACTeRS，Ullmann；Sleator, & Sprague, 1988)、兒童行為檢核表教師版 (Child Behavior Checklist-Teacehr Report Form 簡稱 CBCL-TRF；Achenback & Edelbrock，1986；中文版參見 Wang，1992)、干擾性行為疾病評量表 (Disruptive Behavior Disorder Rating Scale，簡稱 DBD，Pelham, unkown；其注意力和過動分量表中文版參見洪儷瑜，民 83)、修訂行為問題檢核表(Revised Behavior Problem Checklist，簡稱 RBPC；Quay, 1983)和兒童注意力問題量表(Child Attention Problems Scale，簡

稱 CAP；參見 Barkley, 1990)，以及國內發展之教師用「兒童活動量表」(郭秀玲，民 70)等。

(二)專家臨床觀察資料

除了上述資料，專家（包括醫師、心理學家、相關專業治療師）如前文所述，對兒童直接的觀察或是進行不同之專業評估也是診斷上重要的依據。

正如心理診斷學者(Sattler，1992)與 ICD-10 所建議的，不要根據單一資料對心理特質評定下診斷，因此參考多方面資料是在心理評量與診斷上之重要原則。

二、鑑定標準

綜合 DSM-IV 和 ICD-10 之鑑定標準，對 ADHD 兒童之鑑定需要包括列，主要症狀與相關標準，參見表 5-1。

(一)主要症狀

ADHD 兒童的主要症狀在 DSM-III(APA, 1980)所提的不專注、衝動和過動等三項，在 DSM-IV 和 ICD-10 已被合併爲二，如表 5-1，DSM-IV 區分爲不專注（或注意力缺陷）和過動-衝動兩項，ICD-10 分列注意力缺陷和過動兩項，惟，ICD-10 把兩項徵狀合而爲一，但依據學校與家庭不同之情境提供評量之行爲項目，近日甚至有學者(Frick & Lahey, 1990) 建議兩項徵狀，應爲不專注一無法組織(inattention/disorganization)與過動—衝動(motor hyperactivity/impulsivity)，或是巴克雷(Barkley, 1997)所提出之整合三個

症狀爲行爲抑制缺陷。基本上，自 1980 年以來，不專注、衝動和過動已被確定爲鑑定 ADHD 的三大症狀，也被稱爲 ADHD 鑑定上「神聖的三位一體」(holy trinity)，後來的說法，只是試圖經由研究將這三項症狀作更理想的分類，以協助瞭解 ADHD 的各種類型的區分與整合。

ICD-10 對主要症狀的診斷提出下列五項建議：

(1) 跨情境之出現，應至少包括家長和學校兩情境；

(2) 應參考多種資料，不應只根據教師或家長之評量報告，也需包括臨床觀察與直接測驗；

(3) 直接觀察之判斷需要考慮兒童年齡與發展階段；

(4) 必須在注意力的心理測驗表現出顯著缺陷；

(5) 在家庭與學校之行爲評量兩者均需達百分等級 95 以上。

(二)相關標準

ADHD 之鑑定除了需要滿足主要徵狀之診斷外，尚需要符合表 5-1 所列之幾項標準：

1.問題的出現應在六或七歲以前，或是入小學之前；巴克雷(Barkley，1990)認爲一般 ADHD 的發病期(onset)約在三歲左右，當然可能更早，但因太小的孩子之症狀易與該發展階段之特徵混淆，而不易判斷。

2.問題的持續時間需要在六個月以上；

3.問題的嚴重性必須已損害其學校或社會生活之適應；

4.需要排除其他心理疾病，如普遍性發展障礙、精神性疾患、情感性疾患、焦慮型疾病。在此項排除中，ICD-10 明文規定對 ADHD 之鑑定需要 IQ50 以上者，以排除中重度智能障礙。筆者認爲由於 ADHD

學童之特徵，此智力標準應以個別化智力測驗之結果爲準，並參考其適應行爲功能作爲排除智能障礙之依據，以免因 ADHD 學童在施測情境之配合度不佳，在智力測驗表現上被低估，而容易被錯誤排除。

　　綜合上述標準，ADHD 兒童之鑑定程序可以參考圖 5-1 所提供之摘要表，利用各種收集資料之方式收集相關資料，進行綜合研判。

表 5-1、DSM-IV 和 ICD-10 兩版對 ADHD 鑑定所列之標準比較

項目	DSM-IV (APA, 1994；參見第 40 頁)	ICD-10 (WHO, 1990；參見第 46 頁)
主要症狀	注意力缺陷、過動—衝動分項評量	注意力缺陷」、活動問題徵狀合一評量，但分情境評量
持續性	六個月以上	六個月以上
跨情境	在學校、家庭、或工作場所兩個以上	明文要求在家庭與學校量情境之行為評量
症狀出現	七歲以前	六歲以前
排除	普遍性發展障礙、精神性疾患、情感性疾患、焦慮型疾病	如右
評量標準	未註明	IQ50 以上、兩個情境之行為評量表均達 PR 95
適應功能	功能損害	未註明

圖 5-1 注意力缺陷過動症鑑定摘要表

注意力缺陷過動症(ADHD)鑑定摘要表

姓名：＿＿＿＿＿　性別：＿＿＿＿＿　年齡：＿＿＿＿　年級：＿＿＿＿＿

一、主要症狀診斷
□　(一)不專注
　　　□間接式評量表工具：＿＿＿＿＿＿＿＿＿
　　　　　結果：＿＿＿＿＿＿＿＿＿＿＿＿
　　　□直接評量工具：＿＿＿＿＿＿＿＿＿＿
　　　　　結果：＿＿＿＿＿＿＿＿＿＿＿＿

□　(二)過動－衝動
　　　□間接式評量表工具：＿＿＿＿＿＿＿
　　　　　結果：＿＿＿＿＿＿＿＿＿＿＿＿
　　　□直接評量工具：＿＿＿＿＿＿＿＿＿＿
　　　　　結果：＿＿＿＿＿＿＿＿＿＿＿＿

二、其他標準（必須符合下列條件，符合者請打勾，並作必要說明）
　　　□在七歲以前開始出現症狀
　　　□症狀必須出現在兩個或兩個以上的情境
　　　　--□在學校、□工作、□家庭、□其他(　　　　　　)
　　　　（資料來源：　　　　　　　　　　　　　　　　　　）
　　　□這些問題會妨害個人在社會、學業、個人或職業上的功能。
　　　　--是否出現主要適應問題，在＿＿＿＿＿＿＿＿＿＿＿方面
　　　□沒有普遍性發展遲緩、精神分裂、或其他精神異常、情緒異常、
　　　　焦慮異常、分離性異常、或人格異常等其他症狀，
　　　□智力表現　測驗名稱：＿＿＿＿＿＿＿＿＿＿
　　　　　　　　　結果：＿＿＿＿＿＿＿＿＿＿＿
診斷結果：＿＿＿＿＿＿＿＿＿＿＿＿＿＿＿＿＿＿＿＿

第三節　國內鑑定注意力缺陷過動兒童

可用之測驗工具

　　國內在鑑定注意力缺陷過動症(ADHD)之鑑定工作中，可以運用之心理測驗可區分為直接測量和間接評量兩種，直接測量是指直接對兒童施測，施測者由兒童在所規定的作業表現來評分，有的紙筆式的心理測驗，如魏氏兒童智力量表、多向度注意力測驗或注意力測驗，有的則傾向為實驗室型的操作測驗；相對的，間接評量是指由熟悉兒童的家長、教師或同儕，根據其對兒童的觀察和了解在評量表上的項目評分。ICD-10 對 ADHD 的鑑定建議兼採直接與間接之評量。在 ADHD 三項癥狀中，直接測量的測驗只見於注意力和衝動的評量，過動的評量除了間接評量外，並未見任何標準化的直接測量工具，心理學家倒是常利用直接觀察的方式來補足這個缺失，國內有關之心理測驗如表 5-2 所示，本章僅就表中之主要評量工具簡述如下：

一、魏氏兒童智力量表

魏氏兒童智力量表(Wechsler Intelligence Scale for Children，簡稱 WISC)於國內修訂有兩版，第一版於民國 68 年根據 1974 年版之 WSIC-R 所修訂，爲台灣師大所修訂稱之爲「修訂魏氏智力量表」，該量表分十二個分量表，其中記憶廣度和迷津爲交替作用，根據 Kauffman 所進行之因素分析結果發現，算術、符號替代和記憶廣度三項爲專注力因素（蔡崇建，民 80），參見表 5-3；臨床上也有人以迷津爲衝動之評量(Barkley，1990)，但其效度較不受肯定，因此在運用上不像注意力因素那麼廣爲接受。魏氏兒童智力量表第三版於 1992 年出版(WISC-III)，國內於民國 86 年由中國行爲科學社取得版權修訂出版，其中，包括十三個分量表，六個語文量表（常識、類同、算術、詞彙、理解與記憶廣度）和七個非語文量表（圖畫補充、符號替代、連環圖系、圖形設計、物型配置、符號尋找和迷津），其中記憶廣度、符號尋找與迷津爲交替測驗。根據第三版的因素分析所得之四個因素中，發現 ADHD 學生與一般學生之顯著差異在專心注意力（算術、記憶廣度）和處理速度（符號替代與符號尋找）（中國行爲科學社，民 86），筆者根據巴克雷(Barkley, 1997)所提之自我規範之執行功能：(executive function)之四項功能，非語文之工作記憶（nonverbal working memory）、內在語言(internalization speech)、情感、動機或覺醒之自我規範（ self-regulation of affect/motivation/arouse）、重組(reconstitution)等四項特質，所談之工作記憶與重組之內容，將WIS-III 中文版中內容較近之處理速度之評量項目，列爲衝動之參考評量。

表 5-2: ADHD 鑑定可用之心理測驗

評量項目	評量方式	測驗名稱	編製者或出版者（年代）
注意力缺陷	直接	1. 修訂兒童智力量表的專注力因素（三各分測驗：算術、符號替代、記憶廣度）	台灣師大（民 68）
		2. 魏氏兒童智力量表（第三版）之專心注意因素（FDI，算術、記憶廣度）	中國行爲科學社（民 86）
		3. 多向度注意力測驗	周台傑、邱上真、宋淑慧（民 82）
		4. 注意力測驗	陳振宇、謝淑蘭（民 85）
		5. 郭爾登診斷系統(GDS)之警覺和穩定測驗(Gordon Diagnostic System--Vigilance Task & Steadiness Test)	（註一）
	間接	1. 學生問題行爲評量表(A/H Scale)	洪儷瑜（附錄四）
		2. 過動問題行爲評量表(1-9題)	
		3. 注意力檢核表	陳振宇、謝淑蘭（民 85）
衝動	直接	1. 選擇相同圖形測驗(Matching Familiar Figures Test，簡稱 MFFT 或 MFF20)	Hung(1991)（註二）
		2. 修訂魏氏兒童智力量表的迷津測驗	台灣師大(民 68)
		3. 郭爾登診斷系統(GDS)的延遲作業(Gordon Diagnostic System—Delay Task)	(註一)

（續下頁）

	間接	學生問題行為評量表(A/H Scale) 過動問題行為評量表(10-18題，與 過動共同評量)	洪儷瑜（附錄四） 洪儷瑜（附錄五）
過動	間接	學生問題行為評量表(A/H Scale) 父母用兒童活動量表 教師用兒童活動量表 國小學生活動量評量表	台大兒童心理衛生 中心 陳政見（民83）
綜合性	直接	魏氏兒童智力量表 WDI 魏氏兒童智力量表（第三版）之處 理速度（PSI,符號替代、符號尋找）	中國行為科學社（民 86）
	間接	學生問題行為評量表(A/H Scale， 總分)	洪儷瑜（1990，附 錄四）

註一：國內尚未有正式之修訂，但部份醫院已採用。
註二：本測驗為 Kagan 於 1966 年編製，筆者於 1990 年於博士論文研究時在國內適用，目前國內尚未建立常模，台灣師大特教系與部分醫院會採用，甚至有醫院稱之為注意力之評量。

　　新舊兩版之間與國內發展之中華兒童智力量表的比較參見表 5-3。新版魏氏兒童智力量表之適用自六歲到十六歲，測驗結果可以提供各分量表之標準分數、因素指數和其百分等級、量表智商與總量智商等。

　　魏氏兒童智力量表在鑑定 ADHD 兒童時，可以參考因素分數外，亦波以爾斯等人(Bowers et al., 1992)提出「魏氏認知功能變異指數」(WISC Dysfunction Index，簡稱 WDI)可以試圖篩選 ADHD 兒童與一般兒童，他們將魏氏兒童量表中之八個分量表區分爲儲存量表與未儲存分數，前者指測驗之表現需要運用兒童過去儲存之知識，包括詞彙、常識、物形配置、圖形補充等四項分量表，後者指兒童在測驗之表現需要運用當時即時之反應，包括記憶廣度、類同測驗、符號替代、圖形設計等四項分測驗，「魏氏認知功能變異指數」即是指儲存分量表（儲存分數）之和減去未儲存之分量表之和（稱未儲存分數）佔儲存分數之比率，公式如下，以 WDI 在 .20 以上標準，發現此標準對學障學童無法有效區辨，但對於 ADHD 學童之區辨力達 59%，對於非 ADHD 學生之區辨正確達 86%，因此波以爾斯建議鑑定時可以參考此數據爲其他資料之佐證，另也以此認知功能失調之現象爲診斷 ADHD 兒童之認知功能之參考。

$$WDI = \frac{\text{儲存分數} - \text{未儲存分數}}{\text{儲存分數}}$$

表 5-3、我國常見之個別智力量表之內容與因素之比較

中華智力量表		魏氏兒童智力量表	魏氏兒童智力量表（第三版）
甲 常識 算術 類同	乙 常識 算術 理解	**語文智商** 常識 算術 理解 類同 詞彙 記憶廣度（交替）	**語文智商** 常識 算術 理解 類同 詞彙 記憶廣度（交替）
甲 方塊組合 連環圖畫	乙 方塊組合 拼圖	**作業（非語文）智商** 圖形設計 連環圖系 物形配置 圖形補充 符號替代 迷津（交替）	**作業（非語文）智商** 圖形設計 連環圖系 物形配置 圖形補充 符號替代 （符號尋找為交替） 迷津（交替）
● 本測驗以一種智商計分，不區分語文與非語文或是其他分類。 ● 本量表未進行因素分析，未能提供因素結構。		**因素結構與內容** **語文理解**（常識、理解、類同、詞彙） **知覺組織**（圖形設計、連環圖系、物形配置、圖形補充） **專心注意**（算術、記憶廣度、符號替代）	**因素結構與內容** **語文理解**（常識、理解、類同、詞彙） **知覺組織**（圖形設計、連環圖系、物形配置、圖形補充） **專心注意**（算術、記憶廣度） **處理速度**（符號替代、符號尋找）
● 本測驗甲式適用於智能優異者，乙式適合發展遲緩受評者。			

二、多向度注意力測驗

本測驗由宋淑慧於其碩士論文研究中所發展（民 81），再由其指導教授與其共同由心理出版社出版發行（周台傑、邱上真、宋淑慧，民 82）。本測驗包括三個分測驗，分別測試選擇性注意力、轉移性注意力、分離式注意力、自動性注意力與持續性注意力，適用對象包括國小一～六年級，該測驗採紙筆式實施，施測時間，國小低年級約為 30 分鐘、中年級約為 24 分鐘、高年級約為 18 分鐘，該測驗提供常模參照可獲得 T 分數和百分等級。惟此測驗無計分鐘提供，實施雖簡單但計分費時費力，而且測驗分數之計算未能配合原設計之注意力內容，因此各分測驗之結果並不單純，喪失該測驗對注意力之多向度的原意。

三、注意力測驗

本測驗由陳振宇、謝淑蘭所編製，係邱上真與洪碧霞主持之「兒童認知功能測驗」中所包括之七個認知功能測驗之一（吳裕益、邱上真、陳小娟、陳振宇、謝淑蘭、成戎珠、黃朝慶、洪碧霞、櫻井正二郎，民 86），注意力測驗包括有四個分測驗，干擾、分心、轉換和偵測等，另編製有注意力檢核表 24 題，此測驗適用於五到八歲，除了在幼稚園大班之一致性較差外，其他分測驗之一致性與重測信度尚稱理想，此測驗建立有全國常模，提供 T 分數和百分等級供解釋之用。

四、學生問題行為評量表

　　此量表為筆者修訂 Pehlm 依據 DSM-III-R 的標準所編製的「注意力及過動量表」(簡稱 AH scale)，全量表共十四題，主要由對兒童過動行為瞭解者評量，本量表可以由教師或家長填寫，結果分析可依據 DSM-III-R 的標準判斷，綜合不專注、衝動和過動三項計分等，題目與計分方式可參見附錄四。本量表具有理想的內部一致性，α 係數為.97，教師評量的重測信度為.91(Hung, 1991)，各分量表的內部一致性也很高，為.90 到.93(洪儷瑜，民 82a)。惟如第二章所述，DSM-III-R 未如 DSM-III 區分出注意力缺陷及過動症和注意力缺陷未伴有過動兩種不同類型，其易忽略注意力缺陷未伴有過動的兒童，且標準較為鬆散(Hung, 1991)，無法得知兒童在三項特徵的內在差異，因此本量表在中文修訂時，除了採 DSM-III-R 的標準外，亦保留 DSM-III 三項行為分別計分的分法。惟本量表不適合用於 DSM-IV 和 ICD-10 之鑑定標準，且欠缺大量常模，使用上較受限制，筆者近年來已由「過動問題行為評量表」取代之。

五、過動問題行為評量表

　　此量表為筆者根據修訂 Pehlm 依據 DSM-III-R 的標準所編製的「注意力及過動量表」(簡稱 AH scale)之原則，並參考 DSM-IV 之標準所修訂的，全量表共計十八題，即為 DSM-IV 所列之十八項行為項目，可

分不專注(1-9 題)和衝動—過動(10-18 題)兩項分數。主要由對兒童過動行為瞭解者評量,本量表可以由教師或家長填寫,結果分析可依據 DSM-IV 的標準採標準參照之解釋,題目與計分說明如附錄五。

六、郭爾登診斷系統(GDS)

　　郭爾登診斷系統(Gordon Diagnostic System,簡稱 GDS)為郭爾登(Gorden)根據羅司福得等人(Rosvold et al., 1956)編製之持續表現測驗(Continuous Performance Test,簡稱 CPT)所修訂而成的,郭爾登將羅氏之實驗室操作型的 CPT 改良為一個容易攜帶且容易操作的小盒子,參考圖 5-2,其施測與計分方式由電腦程式執行,盒子前面中間會隨機出現三個數字,受測者被要求當某一個數字在另一個數字之前時,受測者需要按鈕,作業長九分鐘,得分結果分有警覺、穩定和延遲等分數,警覺和穩定為注意力之評量,而延遲作業為衝動之評量(Barkley,1990)。此測驗在美國建有三到十六歲之常模,對 ADHD 兒童之鑑定效果有 15-35% 之偽陰性,而對非 ADHD 學生之偽陽性僅有 2%,可見其對非 ADHD 兒童之區辨正確性較高,但由於對 ADHD 學生仍有 15-35% 之錯誤判斷,因此建議不應單獨採用。國內曾見 CPT 之研發工作,但未見發表與推廣運用,已是部分醫院直接引進美國的 GDS 診斷,只是未見國內常模。

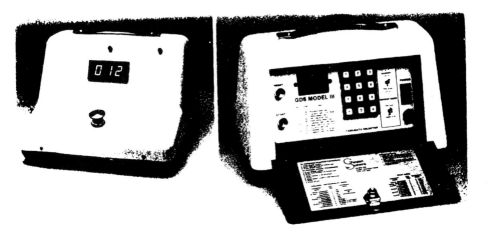

圖 5-2、郭爾登診斷系統(Gordon Diagnostic System)

七、選擇相同圖形測驗(MFF-20)

選擇相同圖形測驗(Matching Familiar Figures Test，簡稱 MFFT)原由 Kagan(1966)所修訂，共計十四題，後由開爾恩司等人(Cairns & Cammock，1978)擴充為 20 題，後稱之為 MFF-20，其主要是要求受測兒童在六個相似的圖形中找出一個和目標圖形一模一樣的圖形，施測者則記錄第一反應之反應秒數和錯誤次數為計分之參考（參考附錄六）。巴克雷(Barkley，1990)綜合文獻發現，此測驗對 ADHD 兒童之區辨效力不佳，且對藥物效果不敏感，而質疑此測驗之有效性。此測驗在國內未建立常模，僅參考國外之常模，筆者建議僅為評量之參考，不宜單獨為衝動之診斷用。

八、兒童活動量量表（教師用、父母用）

國內精神醫學界診斷 ADHD 之主要評量工具為兒童活動量量表，分父母用和教師用兩版(參見宋維村、侯育銘，民 85)。此量表由台大心理衛生中心依據 Werry-Weiss-Peters Activity Scale，簡稱 WWPAS)修訂為父母用兒童活動量量表，另依據 Conners-Werry-Quay Activity Scale for Teacher 修訂為教師用兒童活動量量表，由郭秀玲(民 70)之碩士論文建立常模(沈晟等，民 73)。此量表之題目和常模可參考宋維村等人(民 85)之第四章詳述(66-80 頁)，醫院在兩份量表均採用百分等級 85，該量表之適用常模為三到十歲。此量表在父母用兒童活動量表的重測信度為.83，信度頗為理想，惟，診斷的敏感度和精確度仍不理想，在鑑定功能上的運用仍有待商確（沈晟等，民 73)。此量表除

了上述問題外，且常模之建立時間距離現在太長，有將近二十年的歷史，而且使用標準較 ICD-10 為鬆，如果沒有參考其他標準或是修正使用，此量表之運用可能造成國內鑑定 ADHD 學童過多的現象。

九、國小學生活動量評量表

　　國小學生活動量評量表為嘉義師院陳政見（民 85）之博士論文所發展之量表，該量表主要依據生態的觀點以學校生活之重要情境編製行為項目，本量表之一致性與重測信度均在 .88 以上，效度亦稱理想，並建立國小各年級之常模，常模提供 T 分數和百分等級之解釋，此量表運用在鑑定之可能的缺失在其評量結果並未考驗其區辨力，而其編製之項目與一般臨床診斷項目不符，因此，該量表在 ADHD 學生的篩選或鑑定之運用可能仍待進一步考驗。

十、過動行為的觀察記錄表

　　過動行為雖然少見標準化的直接評量工具，但卻有很多直接觀察之記錄工具，有兒童行為檢核表直接觀察版(Child Behavior Checklist-Direct Observation Form，簡稱 CBCL-DOF; Achenbach, 1986)，算是少數正式出版的觀察表，參見圖 5-3。巴克雷(Barkley, 1990) 也發展出學習情境觀察記錄表（Academic Situation Code Sheet），記錄不專注、好動、發聲、玩物品、與離座等五項，記錄以 15-30 秒為一間距(interval)，採時間取樣記錄(momentary time sampling recording)之方式記錄，共十五分鐘，共計三十個記錄間距。計分方式則將每項行為之記錄次數除以三十，即可得各項行為在十五分鐘之

表現比率。

　　筆者也以類似巴克雷之記錄表，僅以過動行爲一項爲觀察項目，（參見圖 5-4）。此觀察表以六秒鐘爲一觀察間距，採部份時距取樣記錄(partial interval recording)方式記錄，每張記錄紙以五分鐘爲單位。計分方式則將每項行爲之記錄次數除以五十再乘以一百，即可得各項行爲在五分鐘之表現百分比。

　　如期待直接觀察結果可以爲診斷學童之過動行爲是否正常，觀察者可以在同班級受觀察者之周圍找尋一到兩位同性別且行爲爲一般表現之同儕，採用相同之觀察記錄進行觀察，或是同時觀察，圖 5-5 則是同時觀察兩位學童之過動行爲觀察記錄表。

　　除了鑑定 ADHD 的症狀外，如需要判斷 ADHD 兒童是否具有其他障礙或適應方面等問題，例如認知能力、學業成就、人格或情緒上的適應等，其他相關之標準化心理測驗可能也會需要。國內目前可以用於注意力缺陷過動症鑑定的工具不多，且工具的信效度甚至常模都仍待考驗與建立，正如前文所述，這些工具僅提供單項評量資料，不適合作爲診斷之用，因此在鑑定 ADHD 時，應綜合各項資料，才下診斷結論。

在有限制之學習環境之觀察記錄表

間距號碼：	1	2	3	4	5	6	7	8	9	10	11	12	13	14	15
不專注															
好動															
發聲															
玩物品															
離座															
間距號碼：	16	17	18	19	20	21	22	23	24	25	26	27	28	29	30
不專注															
好動															
發聲															
玩物品															
離座															

間距號碼：	31	32	33	34	35	36	37	38	39	40	Total
不專注											/40
好動											/40
發聲											/40
玩物品											/40
離座											/40
									共計：		/200

姓名：　　　　　　　　　　　　　　　記錄者代號：

日期：

週次#　　　開始　　　第一週　　　第二週　　　第三週　　　第四週

記錄：

圖 5-3 Barkley 的觀察記錄表

(摘自 Barkley,R.A,1990,Attenfion deficit hyperactivity disorder. P 340)

過動行為觀察記錄表（間距計算）

被觀察者：_____ 觀察者：_____ （關係：_____）

觀察日期：起自____月____日止至____月____日 活動：_____

一編號	是	否	二編號	是	否	三編號	是	否	四編號	是	否	五編號	是	否
1			1			1			1			1		
2			2			2			2			2		
3			3			3			3			3		
4			4			4			4			4		
5			5			5			5			5		
6			6			6			6			6		
7			7			7			7			7		
8			8			8			8			8		
9			9			9			9			9		
10			10			10			10			10		

行為出現率= $\dfrac{\text{`是´的次數}}{\text{全部格數（50）}} \times 100$

圖 5-4、單一受試之過動行為觀察記錄表

過動行為觀察表

觀察日期：＿＿＿＿年＿＿＿月＿＿＿日 時間：＿＿＿＿～＿＿＿＿

受觀察者甲：＿＿＿＿ 乙：＿＿＿＿ 觀察者：＿＿＿＿（關係：＿＿＿）

主要活動：＿＿＿＿

一 編號	甲	乙	二 編號	甲	乙	三 編號	甲	乙	四 編號	甲	乙	五 編號	甲	乙
1	Y N	Y N	1	Y N	Y N	1	Y N	Y N	1	Y N	Y N	1	Y N	Y N
2	Y N	Y N	2	Y N	Y N	2	Y N	Y N	2	Y N	Y N	2	Y N	Y N
3	Y N	Y N	3	Y N	Y N	3	Y N	Y N	3	Y N	Y N	3	Y N	Y N
4	Y N	Y N	4	Y N	Y N	4	Y N	Y N	4	Y N	Y N	4	Y N	Y N
5	Y N	Y N	5	Y N	Y N	5	Y N	Y N	5	Y N	Y N	5	Y N	Y N
6	Y N	Y N	6	Y N	Y N	6	Y N	Y N	6	Y N	Y N	6	Y N	Y N
7	Y N	Y N	7	Y N	Y N	7	Y N	Y N	7	Y N	Y N	7	Y N	Y N
8	Y N	Y N	8	Y N	Y N	8	Y N	Y N	8	Y N	Y N	8	Y N	Y N
9	Y N	Y N	9	Y N	Y N	9	Y N	Y N	9	Y N	Y N	9	Y N	Y N
10	Y N	Y N	10	Y N	Y N	10	Y N	Y N	10	Y N	Y N	10	Y N	Y N

備註：甲：次數／50×100

乙：次數／50×100

圖 5-5、兩個受試之過動行為觀察記錄表

第四節　注意力缺陷過動兒童的診斷重點

　　評量資料可以作為鑑定之用，所謂鑑定(identification)多係指資格之決定（determining eligibility），亦即在判斷是否符合該項類別所提出之標準，多數用於特殊教育服務對象之判斷，ADHD 學童之鑑定，除了判斷是否符合 ADHD 外，尚有特殊教育資格之鑑定，鑑定 ADHD 學童是否符合特殊教育服務之資格，有關特殊教育資格之鑑定將詳述於本書第七章。而診斷(diagnosis)主要借用於醫學用語，係指判斷問題之成因與決定治療之方向(McLoughlin & Lewis, 1986)，特殊教育之診斷通常不關心疾病之成因，而是在給予學生一個適當的標記並決定學生的補救教育方向，亦即特殊教育需求之決定。在注意力缺陷過動兒童的鑑定，如本章前文所述，除了首要癥狀(primary symptoms)之診斷外，其衍生的問題(secondary problems)和適應現況，也是教育診斷(educational diagnosis)需要著重的重點。

一、衍生問題

　　ADHD 兒童常由於其症狀，而在適應上出現衍生的問題，或稱為相關的問題(associate problems)，這些問題包括生理、認知和社會方面等問題。

　　(一)ADHD 兒童生理方面常出現的問題有聽力發展受損(Mitchell

et al., 1987)、動作發展遲緩(Barkley, 1990)、細微的生理特徵異常(minorphysical anomalies; Lerer, 1977)、尿床(Stewart et al., 1966)、和失眠的問題等(引自 Barkley, 1990)。

（二）ADHD 兒童在認知方面常出現智力受損、語言表達障礙，或是記憶力、訊息處理能力和問題解決能力障礙，此外，ADHD 兒童也常出現出學業低成就的問題。

（三)ADHD 兒童在社會方面的問題有無法形成規範性的行為(difficulties in rule-governed behavior)，或是人際關係有困難、自我概念低落和違規行為問題(conduct problems)等。

上述常用於 ADHD 學童之有關社會適應的評量工具如柯能氏評量表(Conners Rating Scales)、耶魯兒童問卷(the Yale Children's Inventory)、兒童行為檢核表(Child Behavior Checklists, 1983)、和修訂行為問題檢核表(Revised Behavior Problem Checklist)等都常被用來評量 ADHD 衍生的社會行為問題的工具，其中部分工具，如 CPRS、YCI，也包括生理或認知方面的評量，常見的有精細動作、學業困難或語言發展。筆者也曾編製一套多元評量之「青少年社會行為評量表」(ASBS)，可運用於國小六年級到國中三年級，內容包括適應行為與不適應行為兩部份（洪儷瑜，民 86)，可以提供適應行為之表現和問題行為之嚴重性等資料。

除了利用標準化工具之外，利用生態評量的觀點(ecological assessment)收集評量的資料也可以提供診斷有效之資料，例如以一個學生在學校生活所需之活動為評估之架構，分為學科學習表現、學科學習行為、自我指導、人際互動或其他。

第五節　注意力缺陷及過動兒童鑑定案例

(一)個案基本資料(註)

　　　　性別:女　　　年齡:七歲九個月　　　年級:一年級

　　　　教育安置:全時制普通班

　　　　學業成就:段考成績都為全班最後,滿分三百分,只能得半數
　　　　　　　　　分數左右,約 165,距班上倒數第二名有三、四十
　　　　　　　　　分之差。

　　　　轉介緣起:注意力不集中,常需人督促,在個別施測的情境和
　　　　　　　　　團體施測的表現差距甚大,且學業低成就。

　　　　醫療史:四歲多時曾被醫師診斷為疑似臨界智能不足。

　　　　　　　　五歲多被診斷為感覺統合失調。

(二)初步診斷

　　　　依圖 1-1 的步驟作初步診斷

　　　　1.無精神分裂、智能不足、自閉症、情感性疾病的病史與特徵。

　　　　2.無法獨自持續從事任何活動,需大人督促或提醒,即使看電
　　　　　視也會跳來跳去。

(三)ADHD 鑑定

　　　　本個案鑑定採跨專業合作和多資料來源的方式進行,跨專業合
作包括心理專業人員和教師,惟未能包括醫師的診斷;多資料來源包

括直接測量和間接的資料以及教師、家長、和心理專業人員的觀察等
來源。

1. 魏氏兒童智力量表

語文量表智商=100　　作業量表智商=98　　全量表=100

各分測驗的側面圖如下（圖 5-6）。

由本測驗結果發現個案的智力為正常，非智能不足，惟其在卡夫曼
(Kauffman)所提的「專注力」因素的三項分測驗分數顯著低下，算術、
記憶廣度和符號替代均顯著低於該分量表平均數(P<0.5)，證實其有注
意力缺陷的問題。

由此個案在魏氏認知功能變異指數(WDI)之得分，發現其儲存分數
=12+11+10+9=42，未儲存分數=5+10+6+11=32，由計算結果可得魏氏認
知功能變異指數(WDI)為.238，大於.20，可見其有類似 ADHD 之認知功
能異常現象。

$$WDI \ = \ \frac{42-32}{42} \ = \ .238 \ (\ > \ .20)$$

2. 選擇相同圖形測驗(MFF-20)

個案的錯誤數高達 35 個，在同年齡的平均數正三個標準差以上，可
謂高錯誤量。個案的反應秒數 9.1 秒，約在平均水準。由此結果雖無
法證實個案的衝動性，但由其高錯誤數，可以發現個案可能有集中注
意力的困難。

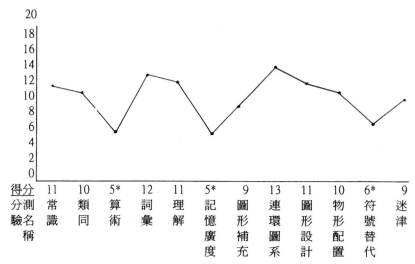

得分											
	11	10	5*	12	11	5*	9	13	11	10	6*	9
分測 驗名 稱	常 識	類 同	算 術	詞 彙	理 解	記 憶 廣 度	圖 形 補 充	連 環 圖 系	圖 形 設 計	物 形 配 置	符 號 替 代	迷 津

註：*為顯著低於該分量表平均數者，顯著水準為.95。

圖 5-6、ADHD 女童在魏氏兒童智力量表之側面圖

3. 教師評過動問題行為評量表

　　教師評量的「過動行為評量表」（見附錄五），發現個案在一到八題被評八個「經常如此」，已超過六個的標準，可見個案有注意力的問題。在九到十七題，個案被評七個「經常如此」，也超過六個的標準，可見個案也有過動─衝動的問題。

4. 家長評過動問題行為評量表

個案母親評量的「過動行為評量表」(見附錄五)，發現個案在一到八題被評三個「經常如此」，五個「總是如此」，已超過六個的標準，可見個案有注意力的問題。在九到十七題，個案被評九個「經常如此」，也超過六個的標準，可見個案也有過動─衝動的問題。

5. 專業人員觀察

個案在獨自活動或與大人交談時，身體動作很多，雖不至於有危險性的動作，但靜止的時間實在不多，以她在獨自做功課的情境，注意力平均只能持續一分鐘三十秒左右，間距自一分鐘到一分五十秒。

綜合上述資料，可以發現個案注意力問題持續已久(遠超過半年)，且由直接測量的魏氏和 MFF-20，間接測量的家長和教師評量都證實個案有注意力和衝動的問題，心理專業人員的臨床觀察也支持此結論；在學校(教師評量)和家庭(母親評量)兩情境的資料，也證實個案符合 DSM-IV 的「注意力缺陷／過動症」的綜合型，臨床觀察也支持學生過動和不注意的問題，因此，可以診斷個案為 ADHD 的綜合型。

(四)特殊需求之診斷

由此個案在學校現有之功能表現由生態評估資料上發現，如表 5-4，她需大人督促，無法在大團體中進行學習，施測時也發現在個別施測的情境和團體施測的表現差距甚大，且學業普遍低成就。但經由與該班之一般學生在班級內重要功能之相較之下，其學習能力問題較小，與一般同學差距較多的，反而是學習行為與團體生活適應方面的問題，因此此個案如果需要接受特殊教育，其主要需要特殊教育照顧的是有

關學習行爲與團體生活適應行爲方面的訓練或輔助，其學科成就之低落可能受其學習行爲影響。

　　在比較該個案在個別指導與小組教學之狀況，發現她在個別指導時的學習表現較小組學習爲佳，又加上該個案在個別施測的情境也較團體施測的結果爲佳，可見個別指導或是如何提供適當協助以減少小組或大團體之學習時可能刺激的干擾，可能是此生學習所需要的。

註：本個案部份資料取自筆者指導之國立臺灣師範大學特教系 83 級學生于曉平、詹秀雯、劉慧玲合撰的「學習障礙個案診斷報告」。

表5-4、以生態評量進行ADHD女童在學校之學習適應功能表現之範例

領域	行為項目	一般學生之標準	學生表現現況
學科學習	認字能力	可以利用拼讀注音符號閱讀	可以認讀,但拼讀正確率不穩定
	閱讀能力	可以閱讀有圖的故事書	只看書中的圖
	書寫能力	可以自己抄寫黑板上的字 可以自行完成書寫作業	可以抄寫,但很慢 可以書寫作業,但難在期限內完成
	計算能力	可以作二位數加減計算	可以作二位數加減計算,但常犯錯
學習行為	班級聽課	可以安靜聽講二十分鐘	可以安靜聽課約3分鐘
	遵循學校作息	可以依據鈴聲上下課 會安排自己的活動在下課時間進行	常在上課時間要求上廁所或洗手等
	輪流	可以與同學輪流使用器具或接受教師指導	無法安靜的等待
	自我指導	可以根據教師之指示,自己進行工作超過20分鐘 可以自行整理自己的桌椅和文具	無法安靜的自己進行工作 常找不到上課所需之文具或書本
團體生活適應	遵守團體規範	在老師的提醒下可以遵守班級所規定之團體規範 可以配合團體選擇活動	每天幾乎會違反班級所規定之規則 常我行我素,不顧團體活動的進行
	尊重別人	在別人提醒下會尊重別人之財物或身體之權利	在大人的提醒下可以區分自己和自己的財物
	尊重團體之權威	知道老師並對學校的教師有禮貌	對老師沒有禮貌

第六章

注意力缺陷過動兒童的介入

第一節　藥物治療

第二節　行為管理或治療

第三節　認知─行為治療

第四節　親職訓練

導讀問題：

1. 治療 ADHD 之症狀的藥物有哪些？它們的效用如何？

2. ADHD 兒童服用藥物之可能的生理或心理的副作用有哪些？

3. 對 ADHD 兒童之心理介入方式主要包括哪些？

4. 認知行為治療與行為治療，何者對 ADHD 兒童的社會行為訓練較為適當？為什麼？

5. ADHD 父母需要的介入包括哪些？

6. 雞尾酒治療對介入 ADHD 兒童之意義為何？

　　因應注意力缺陷過動兒童的症狀與適應問題處置，ADHD 兒童的介入方式很多，美國阿姆斯壯(Armstrong, 1995)曾列出坊間流行不用藥物的治療方法達五十種之多，當然其中有很多方法是根據有效的治療理論所發展的技術，而有些的成效恐難獲得肯定，其號稱之成效充其量也可能只是針對一般過動問題。然而，文獻上目前最受肯定有效之介入有四項：藥物治療、行為管理或治療、親職訓練以及特殊教育(Barkley, 1992)。有關學校教育之介入將於下一章說明，一般介入大致可以分有生理和心理兩方面的治療，藥物治療是 ADHD 主要的生理治療模式，文獻上發現較有效的心理治療包括行為管理與治療、認知—行為治療，以及親職教育等三項。

第一節　藥物治療

在 1960 年前，心理藥物的治療在學齡兒童身上尚不普遍，然過去近二十五年來，心理藥物的治療已成爲治療 ADHD 兒童的主要治療方式之一，也是被運用最廣的治療方式。曾被運用治療 ADHD 兒童的藥物有中樞神經興奮劑、抗精神病藥、抗憂鬱劑等（參考表 6-1），其中以興奮劑(stimulant medication)治療的效果最好，因此，治療 ADHD 的藥物仍是以興奮劑爲最多，臨床常用的中樞神經興奮劑包括有三種利他能（Retalin）、安非他命（Amphetamine）或該類型之藥物、賽樂特(Cylert)。據巴克雷(Barkley, 1990)估計約有 73-77%的 ADHD 患者能對這類藥物有正向的反應，由教師、家長、或醫生評量都有顯著的行爲改變，也有少數(約 23-27%)ADHD 患者對這種藥物無正向反應，這群對中樞神經興奮劑反應不佳者或是部份 ADHD 同時伴隨其他疾病者，則須採用其他藥物。

興奮劑的效果主要在增加中樞神經系統功能(CNS)的警覺或興奮，因爲中樞神經興奮劑的組織和腦神經傳導物質類似，可視爲仿交感神經複合物，因此可以改善 ADHD 患者因中樞神經傳導物質缺乏而造成的問題(Barkley, 1990)，國內兒童精神科醫生宋維村(民 71)則認爲是興奮劑對 ADHD 患者的治療旨在提供 CNS 之抑制系統的功能，因此可以使 ADHD 兒童排除不相關的干擾以減少分心，抑制衝動等功效。最常使用的興奮劑有三種: (1)methylphenidate，簡稱 MPH，市售名爲Retalin(譯作「利他能」)；(2)dextroamphetamine(譯作右旋安非它命)爲

安非他命類型之藥物，簡稱 D-amphetamine(譯「D-安非它命」)，市售名為 Dexedrine；(3)pemoline，市售名為 Cylert(議「賽樂特」，三種藥物之功能、藥劑、藥效與副作用如表 6-2 所列。其中以「利他能」使用最多，據宋維村(民 71)表示利他能也是國內市面上唯一可以取用的藥物，因此在國內也是治療 ADHD 的主要藥物。宋維村與侯育銘（民85）表示國內約 80%的 ADHD 兒童可以因服用這類藥物症狀獲得改善。

表 6-1、ADHD 之藥物治療使用之藥物類別

藥名	種類	研究效果
中樞神經興奮劑	Retalin 利他能, Amphetamine, 安非他命 Pemoline	70%有效 改善學習能力、減少衝動、延長記憶
抗鬱藥	TCAs 三環抗鬱劑 Non-TCA Antidepressants 非三環抗鬱劑	效果較興奮劑差
抗精神病藥	phenothiazine、 haloperidol 等 12 種藥物	效果較興奮劑差

資料來源： Acad, J. (1996). Pharmacotherapy of attention-deficit hyperactivity disorder across life cycle. Child Adolescent Psychiatry, 35(4). 薛梅譯（民85）：注意力不足過動症與藥物治療。中華民國過動兒協會會訊，6 期，3-4 頁。

一、藥物的效果

　　據很多研究證實興奮劑藥物治療對 ADHD 學生在教室學習的效果，包括減少教室的干擾行為、增加課業的完成、增加專注的行為、增進課業的正確率等(Pehlam, 1993)。由教師對學生行為的評量為指標，發現 ADHD 學生服藥後，ADHD 的症狀減輕外，違規行為和叛逆性也會減少，也會增加對教師指令的服從。以實驗情境的測量，興奮劑藥物

表 6-2、常見的中樞神經興奮劑三種藥物一覽表

藥名	Methylphenidate (Retalin) 利他能	Detroamphetamine (Dexedrine) 比 Amphetamine 藥效強 右旋型安非他命	Pemoline (Cylert)
功能	作用於大腦皮質，主要治療 MBD 治過動、昏睡症狀	刺激交感神經末梢釋放單胺 治過動、注意力缺陷 用於 6 歲或較大孩子	治療 MBD 治過動、注意力問題
用量	.每天 .6-1.7 mg/kg/天 單次 .3-.7mg/kg/次	每天 .3-1.25 mg/kg/天 單次 .15-.5mg/kg/次	每天 .5-3.0 mg/kg/天 單次 .5-2.5mg/kg/次
開始用量	5mg ／ 天	2.5 mg ／天	18.75 mg/天
藥效出現	1 小時	1 小時	不一定
藥效持續	3-4 小時	4 小時	未知
主要副作用	神經質、失眠 食慾不振、體重減輕	快感、失眠、 快感後出現沮喪 成癮	失眠、厭食

資料來源：Paul, J. L., & Epanchin, B. (1991). *Educating Emotionally Disturbed Children and Youth*. 2nd ed.. New York: Macmillan. p. 104.

治療可以減少 ADHD 學生的破壞行為和增加服從性。然而對於 ADHD 的同儕關係，藥物治療尚未見能明顯功效，只是 ADHD 學生在藥物控制下，攻擊行為的確減少，專心參與活動的行為也增加了(Pchlam, 1993)。國內宋維村等(民 85)根據臨床經驗表示藥物治療效果包括活動過多、注意力增加、控制衝動較佳，甚至改善其人際關係與親子關係，此類藥物在臨床上發現也可以改善部份非 ADHD 之正常兒童的好動問題，因此，他們認為並不是 ADHD 兒童一定要用藥，而非 ADHD 兒童也可能由藥物獲得幫助，是否用藥的決定，應該端看其過動的問題對生活適應之影響。

然而，上述藥物療效在家長評量可能無法得到支持，有人認為主要是因為 ADHD 學生通常在白天服用藥物，因此家長在家裡就無法目睹孩子在學校的變化，待傍晚孩子的藥效消失了，家長當然察覺不出藥物的效果(Copeland et al., 1987)，因此由教師提供藥效之評量會比家長適合。不過上述可以測得藥效也都只是短期的，根據追蹤研究發現發現曾接受藥物治療的 ADHD 患者和未服藥的患者在各種適應項目都未見顯著差異(Barkley, 1990)。總之，藥物治療不管在能力、行為、學業表現上都只見短期療效，因此，藥物治療不能長久單獨實施，宋維村(民 71)建議藥物治療應和其他方法實施，才能達到最佳療效。

二、藥物的副作用

藥物治療雖然有效，但也不少副作用(side effect)，可分短期或長期服用的副作用。最常見短期的藥物副作用有失眠和食慾不振，次

常見的副作用包括易怒和體重減輕，其他還有一些較少見的副作用，包括愛哭、焦慮、悲傷等情緒(Barkley, 1990)，然而這些副作用會因人而異，不是每個人會有相同的反應，而且這些副作用和藥效同樣是短暫的，只要停藥一、兩週，副作用就會消失的(Murray, 1987)。長期服用藥物曾被懷疑會造成藥成癮，或孩子長大後容易有濫用藥物的問題，結果研究資料並沒有發現有這個問題；較被擔心的問題是長期服用藥物的 ADHD 兒童可能在生理發育上，包括身高、體重等，會受限制，然而，研究報告藥物妨礙食慾的問題，在患者長期服用藥物後，患者的食慾問題會恢復，追蹤研究發現藥物治療的 ADHD 患者和未服用藥物的患者體重、身高沒有顯著差異。學者目前較被懷疑而尚未研究的長期副作用可能是在血液循環的問題，因為所有的藥物都會影響心跳和血壓等(Barkley, 1990)。

　　除了上述生理的副作用外，較被忽略的是服用藥物之後的心理副作用，由於藥效明顯，常造成 ADHD 兒童服用或未服用藥物的表現判若兩人，因而造成教師和同儕對「新」的人措手不及，尤其，若學生因偶而停藥而恢復原狀，會令教師和同儕混淆，外人不易判斷是學生故意的行為或是無法控制的，最壞的影響是藥物容易讓學生對自己的行為形成外控的歸因，「好壞行為的表現都是藥物造成的，與自己無關。」如果不小心處理，這種歸因會造成行為管理上死角。因此，在孩子服用藥物之獲得改善時，師長不要過度將孩子行為的變化完全歸功於藥物，要讓孩子知道，他行為的改變，除了藥物的幫助下，他個人的努力也是受到肯定。

三、藥物治療的原則

由於藥物治療的副作用和限制，在用藥時應注意下列實施原則：

1. 注意危險群

年紀在六歲以下或孩子本身還有自閉症、精神病、內向性適應問題、或孩子家族有上述病例的個案，是屬於藥物使用的危險群，因為這些個案對興奮劑的效果反應較差，而對副作用的反應卻較強，醫生應儘量避免對這群患者用藥。(Goldstein et al., 1990)

2. 藥效之個別差異

每個人對藥物劑量(dose)的反應因個人體質而有差異，一般醫生會以 ADHD 兒童的年齡和體重計算出標準劑量，而由最少劑量開始，有些兒童可能對初次的劑量已經有強烈的副作用反應了，而也可能仍有些兒童仍未見反應，因此，藥物治療的初步階段，家長需要與醫生充分溝通孩子各方面的反應，以找到藥效最好且副作用最少的最佳劑量。

3. 副作用的認識與因應

除了劑量上的溝通外，醫生在決定藥物治療前，應對家長說明藥物的副作用和注意事項，並應和家長共同討論如何實施，才能將藥物副作用減到最低，而將藥效發揮到最大。通常的建議是在早餐前服藥，因為飯後服用會影響藥效，而且一般服藥後一兩個小時藥效最佳，所以，當 ADHD 兒童到校開始上課時能以最佳狀況學習；另外，在假日或週末可以考慮停藥，以讓 ADHD 兒童恢復正常食慾和暫免副作用之弊，再則可觀察患者在未服藥時的表現，供決定是否停藥的參考。表 6-3 列出對於藥物副作用之可能因應或預防措施，可供參考。

4. 監控藥物反應

患者對藥物的反應在藥物治療是很重要的資料，因此藥物反應的監控和記錄就不可缺少，而多數的藥效都發揮在學校的時間，所以，教師是最佳的記錄者。美國特殊兒童學會(CEC, 1992)曾為教師設計一個藥物治療效果觀察記錄表，詳見表 6-4，供教師參考使用。這些記錄也許對教師的教學沒有直接關係，但對醫生在實施藥物治療卻有很大幫助。

5. 設計治療計畫

由於藥物效果的有限，和上述的副作用，很多專家建議採用多模式治療(multimodal treatment)(Ashman & Schroeder, 1986; Conners & Wells, 1986; 宋維村，民 71)，筆者(Hung, 1990)有實證研究資料發現並非多模式治療就一定比單獨藥物治療好，除非藥物和其他治療方法的配合經過適當的安排和設計。尤其是治療 ADHD 兒童非只牽涉兒童一人而已，往往包含範圍較廣，實需要和家長、教師、或其他相關的人(或必要時可包括兒童)等共同參與設計個別化的多模式治療計畫，本章對於後文詳述如何考慮多模式之介入計畫。

表 6-3、服用興奮劑常見副作用與可能預防措施

藥物之副作用	因應或預防之措施
食慾減低而影響體重	控制用藥時間
生長高度減緩	暫時性的，適當藥物治療計畫
失眠，不易入睡	服藥時間距離睡眠常些、或藥劑減少
過度好動、安靜或沮喪（與平日表現相差太大）	藥劑太多，減少藥劑
肺部問題	每三個月檢查肺部
藥物依賴、成癮	適當計畫用藥，如藥物假期

資料來源：Acad, J. (1996). Pharmacotherapy of attention-deficit hyperactivity disorder across life cycle. *Child Adolescent Psychiatry, 35*(4). 薛梅譯（民85）：注意力不足過動症與藥物治療。*中華民國過動兒協會會訊，6 期*，3-4 頁.

四、對藥物治療應有之態度

　　美國近幾年來由於家長或老師為了減少管理上的問題，鼓勵兒童用藥而造成用藥問題相當嚴重，幾乎已達藥物濫用之地步，甚至過度依賴藥物，而忽略其他的努力。事實上，藥物對 ADHD 兒童的控制效果是短暫的，正如藥物的副作用一樣的，而且藥物只能控制症狀，並不能根治 ADHD，因此師長對 ADHD 兒童服用藥物應有正確的認識：

1. 善用服用藥物的期間之效果，加強其他方面的輔導

　　對於過度依賴藥物效果的師長們，可能要知道藥效期間是孩子學習其他有效方法或接受教導的最佳時間，因此，千萬不要依賴藥物的效果，而忽略經營其他方法，例如幫助孩子建立信心，讓孩子知道他也會有好的行為或成就，或是訓練孩子控制自己的方法，如本章下文將討論的行為訓練，甚至是讓父母有需要生氣，可以喘口氣的機會，有趁機可以進行有利改善親子的活動，例如一起出遊、出外用餐或是玩家庭遊戲等；在學校，老師也可以利用此期間補救 ADHD 學生的學習能力或是訓練孩子有效的學習策略，甚至製造機會讓 ADHD 學生給其他同儕有正向的印象，例如適當的參與班級活動、適當的分擔班級任務、或是表現才能等。當然，如果孩子可以不必用藥也可以在大人的協助或專業訓練下，達到控制行為的目的時，能夠不要用藥就不需服用藥物。正如宋維村和侯育銘兩位醫師所說的，不是所有的 ADHD 兒童都需要用藥。

表6-4、教師用藥物治療效果評量表

藥 物 治 療 效 果 評 量 表

姓名：＿＿＿＿＿＿＿＿ 性別：□男 □女 年齡：＿＿＿歲
班級：＿＿ 年 ＿＿ 班 評量日期：＿＿年＿＿月＿＿日
評量者：＿＿＿＿＿＿＿ 與受評者關係：□導師 □輔導教師 □其他( )
藥物名稱：＿＿＿＿＿＿ 劑量和用法：＿＿＿＿＿＿＿＿＿＿

● 請就此生服藥的改變情形在下列行為項目上作適當之評估，並打∨表示。

主要之行為/改變情形	更糟	沒差異	進步一些	進步很多
注意力集中	＿＿＿	＿＿＿	＿＿＿	＿＿＿
上課聽講	＿＿＿	＿＿＿	＿＿＿	＿＿＿
衝動	＿＿＿	＿＿＿	＿＿＿	＿＿＿
在教室大聲說話	＿＿＿	＿＿＿	＿＿＿	＿＿＿
對工作的組織	＿＿＿	＿＿＿	＿＿＿	＿＿＿
活動量過多	＿＿＿	＿＿＿	＿＿＿	＿＿＿
動個不停	＿＿＿	＿＿＿	＿＿＿	＿＿＿
多話	＿＿＿	＿＿＿	＿＿＿	＿＿＿
攻擊	＿＿＿	＿＿＿	＿＿＿	＿＿＿
與同學互動情形	＿＿＿	＿＿＿	＿＿＿	＿＿＿

● 請就您所看到的藥物副作用反應在下列項目中打∨，並請加以註明詳情。

副 作 用	備 註
＿＿＿＿ 食慾喪失	＿＿＿＿＿＿＿＿＿＿
＿＿＿＿ 頭痛	＿＿＿＿＿＿＿＿＿＿
＿＿＿＿ 肚子痛	＿＿＿＿＿＿＿＿＿＿
＿＿＿＿ 疲倦	＿＿＿＿＿＿＿＿＿＿
＿＿＿＿ 常發呆	＿＿＿＿＿＿＿＿＿＿
＿＿＿＿ 易怒	＿＿＿＿＿＿＿＿＿＿
＿＿＿＿ 愛哭	＿＿＿＿＿＿＿＿＿＿
＿＿＿＿ 動作過多或聲音過多	＿＿＿＿＿＿＿＿＿＿
＿＿＿＿ 緊張	＿＿＿＿＿＿＿＿＿＿
＿＿＿＿ 悲傷	＿＿＿＿＿＿＿＿＿＿
＿＿＿＿ 退縮	＿＿＿＿＿＿＿＿＿＿
＿＿＿＿ 其他( )	＿＿＿＿＿＿＿＿＿＿

資料來源：*The ADD Hyperactivity Handbook for Schools*, by Harvey C. Parker. (800)ADD-WARE. 引自 CEC(1992)。

2. 利用藥物減少孩子挫折經驗，增加孩子學習效果與獲得讚美的機會

　　異於美國的現象是，台灣多數家長或教師經常排斥用藥，排斥的理由可能是藥物的副作用、藥物僅能控制症狀無法根治疾病、或是藥效沒有立即顯現。然而，排斥用藥的師長們，可能需要衡量當 ADHD 兒童不服用藥物時，在生活、學習或社會互動的適應上所遭遇長期之失敗與挫折經驗，對孩子所造成的心理傷害，是否有其他方法可以替代或彌補的。筆者臨床諮詢經驗，發現很多 ADHD 學生之過動問題已嚴重到無法在學校正常作息，甚至對其他同學造成傷害，而導致全班師生排斥，如此嚴重的情況，家長仍堅持拒絕用藥，甚至家長對孩子的問題也已束手無策，卻仍不願考慮用藥。他們的考慮可能是藥物無法根治又有有副作用，因此，台大丘彥南（民 87）醫師建議採用「藥物輔助治療」一詞取代「藥物治療」之說法，讓父母或教師瞭解藥物對 ADHD 患者真正的功用，雖然無法根治疾病，又有副作用，但如果因有效的藥物服用計畫，而讓孩子在日常生活或學習上，可以與同儕一樣地獲得成功的經驗與讚美機會，即使藥物無法根治孩子的症狀，這些效果可能足以讓一個孩子由自我放棄的地步，進步到有信心願意接受訓練與控制之目標，然而，家長經常忽略了孩子該用藥而未用藥所造成的心理上之副作用，這些創傷卻常是長期持續一輩子的，較之藥物短暫的生理副作用而言，更是得不償失的。此外，對於藥效未能馬上呈現的問題，考前文對藥物服用之計畫之說明，因此，家長應參考教師之意見，或是請教師填寫表 6-4，一併與醫師溝通以早日獲得孩子的最佳用藥計畫。

第二節　行為管理或治療

一、行為管理的理論與原理

　　對 ADHD 兒童最有效之心理治療方式為行為管理或治療，或稱行為改變技術，其主要利用行為學派之理論所發展的技術。行為學派的技術用於學校、家庭，也可以用於心理治療，主要包括有行為管理與行為治療。根據陳榮華（民 75）所引述之學者對行為改變技術與行為治療二者之比較，二者均是利用行為原理介入，然而主要差異有五：主要學派來源、運用情境、運作方式、行為介入範圍以及使用地區等（參見表 6-5）。由此看來行為原理可利用在 ADHD 兒童不只是治療情境或偏差行為，應該是更廣的行為改變技術，但由於近幾年來，行為之運用有包括反應式制約的應用、重視個人的自主權利與行為改變之介入與行為之間的關係，少用「行為改變技術」(behavior modification)，而改用「應用行為分析」(applied behavior analysis)，或是「行為管理」(behavior management)（Schloss & Smith, 1994）。筆者同意上述理由，又鑑於國內對「行為改變技術」之濫用與亂用，因此改用行為管理，希望能以新的名詞讓國內相關人士重新正確的認識這個理論與技術的運用。

表 6-5、行為改變技術與行為治療之差異比較

項目	行為改變技術	行為治療
主要學派	主要來自史基納(Skinner)的操作制約	主要來自巴夫洛夫(Pavolov)的反應制約
使用情境	應用情境廣泛，例如家庭、學校、企業、社會運動等	運用在精神醫療上，
運作方式	在自然情境下進行行為介入方案	由治療師在治療室透過語言的溝通進行行為介入
介入範圍	由一般行為形成或學習到行為之矯治	針對偏差行為之矯治
使用地區	美洲各國	歐洲各國

資料來源參考：陳榮華（民 75）：*行為改變技術*，pp. 13-14。

　　行為學派的觀點主要在強調行為前的刺激與反應之間的關係，主要的基本技術運用增強的原理可以大致區分為四（參見圖 6-1）：具有增強行為出現之效果的積極增強（包括讚美、獎勵）和消極增強（包括免除限制、提供自由、免除責任），另外兩項灰色格子的技術係在減少或遏止行為的出現，懲罰(體罰、責備)與隔離（剝奪權利、剝奪自由或是剝奪參與活動的機會），上述四項基本技術之運用不在技術本身，應是在效果之表現，如果懲罰的技術並沒有減少兒童的目標行為，甚至反而增加，使用者則須檢討懲罰技術的適當性，筆者的一位在職教師的學生曾利用處罰學生到後面站的方式來懲罰學生上課愛講話的行為，結果學生愛講話的行為不但沒有減少，反而告訴其他老師可以讓他到後面罰站，就行為分析(behavior analysis)的觀點，從學生的

反應看來這個懲罰對該生而言可能已變成增強或鼓勵了。相反的另一個例子，一個高職國文老師對一位成績不佳但寫了一篇堪稱佳作作文的學生，在班上大大的讚美這位學生，結果發現學生並沒有從此好好寫作，反而亂寫甚至故意寫得較以前差，後來發現學生在此讚美後受到班上功課較佳的同學嘲笑，因而造成教師的讚美變成不愉快的結果。因此，運用上述技術時必須要遵守各項技術之原理。

	給予	剝奪
正增強物 （愉快的經驗）	積極增強	隔離
負增強物 （不愉快的經驗）	懲罰	消極增強

圖 6-1、行為管理主要之技術

二、行為原理在 ADHD 兒童之運用

　　為何行為管理對於 ADHD 兒童會有效果，不同的學者利用行為學派之觀點解釋 ADHD 患者的行為問題(Barkley, 1990；Zentall & Zentall, 1983)。巴克雷從行為與後果的連結不當解釋，他認為 ADHD 兒童對行為後果與行為之間的連結關係的不易建立(Barkley, 1992)，換言之，當一般兒童可以由上次被增強或處罰的經驗記取教訓，在下次類似情境時，一般人會利用上次連結之經驗提醒自己，但是 ADHD 兒童甚至成人不容易經由這樣的連結，獲得學習效果，因此，他們會出現好像打不怕，罵不聽似的。任投爾（Zentall）等人則由對無法適當的輸入刺激來解釋 ADHD 兒童的問題，他認為有些兒童因為無法適當的過濾輸入的刺激，或是偏好極端的刺激，導致對刺激量之要求有過高或過低之現象，根據他的觀點 ADHD 兒童是屬於低警覺型的(underaroused)，因此對刺激量的需求較一般人高，此觀點也符合的最近由神經生理的研究發現，ADHD 兒童的前額葉細胞活動量差的發現。因此，ADHD 兒童要學習適當的行為表現或控制不當的行為表現應該利用增加刺激量或增加行為與後果之連結經驗，因此，很多臨床上的觀察會提出 ADHD 兒童需要大量的提醒，需要立即的回饋。

三、行為管理技術運用之範例

　　基於此，對 ADHD 兒童之行為管理需要善用上述原理，提供他們需要的協助，巴克雷對 ADHD 學童之行為管理提出下列十項原則（Barkley，1992b）中其中有三項有此有關：對於行為提供立即的結果（處理）、處理的頻率要高、給予的行為結果要明顯。在該錄影帶中他也提供了一些在教室所實施的增強或懲罰的技術，特依據其介入之重點分提高前項刺激、提供行為結果兩項說明運用之技術。

（一）改善行為前之刺激的技術

　　根據第一章圖 1-2 之說明，改善行為前刺激之技術，巴克雷在他的「ADHD 在教室」之錄影帶（1992b）中舉出「顏色標記」（color sign），旨在提供明顯提示讓學生知道環境之要求，例如利用顏色區分不同說話條件的場合，紅色代表需舉手才能發言、黃色代表可小聲說話、綠色代表可自由說話，在教室前黑板的旁邊，依據上課情境之要求標示不同的顏色，讓 ADHD 學生可以隨時獲得提醒，而減少他們因接受環境刺激之不當而表現出不適當的行為。巴克雷認為這個技術有效的原因是規則具體，且替用明顯的標記提醒規則，當然此作法與國內教室一致不變的標語之作法是不同的。

（二）改善行為結果之技術

　　巴克雷在他的「ADHD 在教室」之錄影帶（Barkley,1992b）中提出很多利用代幣制度（token system）的技術，在教室中讓老師提供 ADHD 學生立即、足夠且明顯的回饋。

1. 顏色板的使用(color chart)

對低年級的學生運用顏色的貼紙或標籤，作為學生之增強，顏色依次分紅色、黃色、藍色，而紅色是最好的。每天每位小朋友到校即可以獲得五個紅色的貼紙貼在黑版旁的記錄板上，老師上課時根據學生是否有表現出適當的行為或不當的行為，給予增加貼紙，或將紅色變成黃色，或藍色，每天自由時間時，每個學生可以依據自己所得顏色的數量，獲得選擇玩具的優先權。這個技術之有效主要是在利用簡單顏色給予學生立即結果的回饋，這些顏色的有效主要來自它與行為結果的連結，以及結果的明顯。

2. 大事件得分(Big deal point)

類似的代幣制，在低年級利用在社會適當行為的建立，與其等很久才給很大的獎勵，不如立即多給予小小的獎勵，「大事件得分」的實施，是立即對學生的小小的行為給予小小的貼紙，每天放學前，學生再計算當天的所得的貼紙數量，等到數量達到一定時，可以選擇大項的增強，例如漢堡、匹薩、或是看電影。在高年級的班級運用之代幣制則直接採用代幣（如棋子）或劃記等。

3. 事件賠償處罰(Task system)

為了處理 ADHD 學生頻頻出現的不當行為，除了運用上述的增強技術，採用區別性增強之外，有時也需要輕微的處罰，處罰的方式是兼採隔離與反應代價(response cost)，當學生出現不當行為時，老師要求學生到預定的桌子上去選擇一項工作完成，例如寫作業單或是寫下檢討自己或改進之道，這樣的處罰目的在避免當學生出現不好行為時，教師利用太嫌惡(aversive)的處理，更會激怒抑制能力差的 ADHD 學

生，而導致師生關係進入惡性循環。隔離學生可以讓學生離開現場，獲得冷靜的機會，並要求學生為自己不當的行為付出一些代價，代價的設計最好考慮兼具處罰與教育兩者效果。

4. 隔離(time-out)

對於年級較低的 ADHD 孩子出現不當行為時，隔離(time-out)是非常好用的，只是教師必須先在教室預定好隔離的位置，而且事先與學生說明隔離的執行方式，且確定學生被隔離後所獲得的經驗一定是不愉快的，例如前文被老師罰站到後面去的學生，隔離對他而言是一種抒解，因為他就有理由不必學習，而且可以不需要坐在那裡聽他不喜歡的課，這樣的隔離事實上就增強之原理而言，應該相當於鼓勵學生的干擾行為，因為教師提供了愉快的經驗。美國學者克拉克(Clark，魏美惠譯，民 84)曾以專書對隔離技術之使用有詳細之說明。

除了增強與懲罰之技術的運用外，行為管理常運用在 ADHD 兒童的技術還包括逐步養成(shaping)與放鬆訓練，這些技術多用於針對 ADHD 症狀所需要的預防措施。

(三)逐步養成(shaping)

逐步養成可以算是改善行為前事項與增強原理合併運用的例子，由於 ADHD 兒童之不易形成規範之能力，以及難自我規範自己的行為(Barkley，1990)，而生活中有很多透過自我的規範，可以變得比較容易的事，例如每天上學前或放學前所應準備的事，或是寫功課所需要的文具與步驟，對 ADHD 兒童而言並非如此，他們在這些方面經常表現比一般孩子差，因此，很多父母抱怨孩子經常忘了帶重要的功課到學

校，或是經常要別人提醒，好像在作白日夢似的。逐步養成運用 ADHD 兒童的常規或日常生活規律性的行為是非常適合的，其主要先將預期之目標行為分成幾個一連串的行為或細節，再配合增強原理逐步的訓練孩子一步一步的照著規範進行（陳榮華，民 75）。

（四）放鬆訓練(relaxation)

對於容易衝動與焦慮之 ADHD 兒童，適度的放鬆訓練可以透過他們生理上的鬆弛達到心理上的平靜，因此，管理 ADHD 學童時，最好能訓練孩子利用肌肉放鬆訓練或是一些輕鬆有趣的休閒活動，讓孩子學會放鬆自己，例如每天一段時間聽音樂，靜坐、或是從事靜態不出聲的活動，並鼓勵孩子利用放鬆訓練來應付他衝動的情境。巴克雷(Barkley, 1992b)對國小高年級的學生訓練「烏龜式控制」(turtle control)，他在課堂訓練學生學習像自己像烏龜般的應付危機，他要求學生坐下，深呼吸，想像自己像烏龜般在殼內放鬆，再進行簡單的肌肉放鬆，由頭部、頸部肌肉緊張，然後逐步放鬆，當學生學得自己不在衝動或害怕時，在出來想如何解決問題。這技術訓練後，教師會鼓勵學生在日常生活上遇到緊張、衝動的情境時採用這種控制方式。

第三節　認知—行為治療

　　行為管理或治療除了上述的行為管理技術外，對 ADHD 兒童有效的運用還包括認知—行為治療(cognitive-behavioral model，簡稱 CBM)，或稱之是行為治療的延伸，也被歸為新行為理論（陳榮華，民 75）。認知—行為治療和行為、認知學派之治療方式之差異，在於它結合行為與認知學派的特點，針對行為或認知不當所造成之問題，由表 6-6 可知認知行為治療運用了行為學派之增強與訓練之技術改變行為或認知。

　　認知行為治療對 ADHD 兒童最常用的自我控制，主要強調個人透過內在語言控制自己的行為，最重要的技術是對自己說話(self-vocalization)。透過對自己說話的技術引導自己的行為，而達到自我控制、自我調整(self-regulation)、做計畫的技巧、問題解決技巧等 (Conte，1991)，有時候在訓練的過程中也會配合運用積極增強的技術，以達更好的效果。巴克雷(Barkley，1997)認為 ADHD 患者由於抑制缺陷干擾了執行功能模式中的非語文之工作記憶（nonverbal working memory)、內在語言(internalization speech)、情感、動機或覺醒之自我規範(self-regulation of affect / motivation / arouse)、重組(reconstitution)等四項執行功能，而限制了自我控制的表現，因此認知--行為治療之自我控制被認為是 ADHD 患者心理治療的主要心理治療之一，可運用在對 ADHD 症狀之專注力、衝動的訓練。

表 6-6、認知行為處理的特質比較認知--行為、行為與認知治療

	不當行為之解釋與介入之目標	介入的方式	介入成效評鑑評量
行為治療	行為的過量或不足	運用行為學習理論之介入，如行為前項刺激、或結果之操弄	嚴密的、客觀的觀察行為的變化
	行為的不足	增強、技巧訓練	嚴密的、客觀的觀察行為的變化
認知行為治療	行為或認知的過量或不足	廣泛的運用行為和認知理論的方式	嚴密的、客觀的觀察行為的變化和認知的改變
	認知的過量或不足	運用行為程序改變內在認知	檢驗認知之改變，用次要之標準評鑑行為之改變
認知治療	認知的過量或不足	語意的介入改變認知	檢驗認知之改變，

修正自洪榮照（民 82）：認知行為學派的教學理論，載於李永吟編，*學習輔導*，p. 156.。

一、專注力控制

　　美國維吉尼亞大學在 1980 年代曾一系列的利用 CBM 的自我控制技術訓練專注行為(參考 Lloyd et al., 1990)，自我控制(self-control)包括自我評量(self-assessment)、自我評鑑(self-evaluation)、自我記錄(self-recording)、和自我增強(self-reinforcement)四步驟，羅伊得等人(Lloyd et al., 1990)綜合三十七篇利用自我控制增進專注行為的實驗研究，發現自我記錄是發揮自我控制效果的一項重要條件，不應以簡單的自我評量取代之，而且自我記錄也應納入自我控制訓練的項目中，在訓練效果建立後，自我記錄可以逐步的取消，就不會影響自我控制的效果。筆者在國內也採類似的方式訓練 ADHD 學生或是過動的孩子的專注力（洪儷瑜、黃裕惠，民 86），訓練程序如附欄一，目前已有家長在家利用錄音帶協助孩子寫功課（薛梅，民 86），也有教師在資源班和普通班使用，所用之記錄表如圖 6-2，其訓練之效果如圖 6-3 所示，圖 6-3 上圖為未控制之 ADHD 學生原狀，下圖是利用嗶嗶聲控制的狀況。

二、對衝動之控制

　　巴克雷雖然在 1997 年的新書「注意力缺陷過動症和自我控制的本質」(ADHD and the nature of self-control)中指出 ADHD 患者之核心症狀可能是行爲之抑制缺陷，在此書指出衝動與自我控制之關係，然而，該書主要在兩者關連之探討，對 ADHD 之認識與鑑定提出具體建議，但對衝動或自我控制之介入並未提及。梅晨保等(Meichenbaum & Goodman, 1971)即是利用自我教導(self-instruction)的技術訓練衝動的孩子控制自己的衝動行爲，後被廣爲運用；上述巴克雷(Barkley, 1992b)所提之「烏龜式控制」即是對 ADHD 學生之衝動做「停、自我指導放鬆之訓練」的例子，有時候建議衝動的孩子，利用內在語言在做任何事之前採取「停、數數從一數到十」、「停、想想我可不可以這樣做」、或是「我想要什麼？➔我這樣做會有什麼後果➔這樣做能不能得到我想要的？」等步驟，去訓練自己控制自己的衝動。

附欄一、專注力自我控制訓練

一、自我控制之四個主要的步驟：

第一個步驟是自我評量，觀察自己的行為；

第二個步驟是自我評鑑，檢查自己的行為是否達到規定的標準；

第三個步驟是自我記錄，把自己所觀察與評鑑的結果記錄下來；

第四個步驟是自我增強，對自己的行為表現決定如何增強並自己執行之。

二、教學步驟：

1.清楚定義需自我控制的專注行為：何謂專注與不專注

2.解釋自我控制的目的：引起動機

3.設計記錄的方式並示範記錄的程序(參考表6-8)

4.實際操作練習（教師放聲示範、學生放聲思考）

5.提供線索（錄音帶）讓學生根據線索執行專注力自我控制的程序

6.逐漸褪去聲音與線索

三、訓練之重點：

1.不使用大量的物質性增強物，不強調外在增強，也提醒家長避免使用物質性增強物（例如金錢或貴重禮物）來鼓勵孩子的進步。全程提供的貼紙只是讓過動兒對自己的行為有個具體感，並要求孩子每節課統計自己的專注情形，以便讓孩子知道自己的進步情形，進而能增強自己的表現。

2.採用逐漸撤離的原則設計訓練活動。逐步的原則運用有三種，在協助的方式、頻率和指導的內在化。先給予協助（即提醒）增加成功的機會，提醒的方式主要是靠錄音帶，先採口語方式，「我有沒有在做我應該做的事」，後改成抽象的提醒，例如噹噹聲或是叩叩聲，然後採循序漸進增加提醒時間之間距，由兩分鐘到三分鐘，甚至可以到五或十分鐘一響。然；而提醒的方式也從放聲思考轉換成心中默想。

摘要自洪儷瑜、黃裕惠（民86）：過動兒親子教育：專注力自我控制訓練。*中華民國過動兒協會會訊，14 期*，3-5 頁。·

給自己打分數--專注力自我控制記錄表

我有沒有在做我應該做的事？　☺　☹

姓名：　　　　　　日期：　月　日　時間：　　到

我現在應該做些什麼：

今天的表現結果：

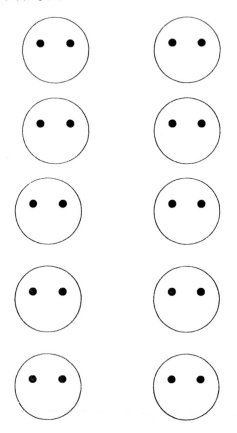

圖 6-2、專注力自我控制記錄表

圖 6-3、專注力自我控制訓練

三、社會技巧訓練

　　認知行為治療（CBM）技術除了可以運用在專注力、衝動症狀外，對 ADHD 學生欠缺或是可能衍生的行為問題也可以利用這種訓練模式，例如運用在學業學習策略、社會行為、或問題解決的策略，訓練 ADHD 兒童如何利用內在語言教導自己，包括了解問題、設計解決問題的策略、選擇可行的策略、與評鑑問題解決的表現等(引自 Barkley, 1990)，甚至有學者利用角色扮演的方式訓練 ADHD 兒童在人際互動的情境中學習解決衝突或自我控制。

（一）訓練理念與內涵

　　ADHD 兒童的人際關係問題是上述其他治療方式一直難以解決的問題，因此社會行為和人際關係的訓練也被提出來。一般人際關係所需的能力包括社會認知(social cognition)和社會行為(social skills)，統稱社會能力(social competence)(洪儷瑜，民 86)。社會認知(或稱社會訊息處理能力)包括問題解決、自我覺知和歸因、或判斷別人的感覺、動機或行為反應等四項(Vaughn et al., 1985)，而社會行為即一般人常說的社會技巧，其範圍很廣。就 Gresham(1981)根據班度拉(Bandura)的社會學習論，提出社會行為訓練的基本理念在假設社會適應不佳主要是由於社會技巧的缺陷(social skill deficit)，訓練的目的在建立個人足夠的行為目錄(behavior repertoire)以因應社會生活之需求。格雷許門（Gresham, 1988）對技巧缺陷分有三種類型：技巧缺陷(skill deficit)、表現缺陷(performance deficit)

與自我控制缺陷(self-control deficit)等，如圖 6-4。社會技巧缺陷主要來自兒童缺乏適當的社會技巧因應社會互動情境的需求，這樣的缺陷可由觀察或示範學習補救；表現的缺陷在兒童可能有足夠的社會技巧可反應，但因為情境焦慮或動機因素而無法表現該技巧，這問題可透過操作行為前事變項(antecedents)或行為後的結果(consequences)來補救，行為學派的應用行為分析(applied behavior analysis)在此方面的補救方式有詳細方式(Alberto & Troutman, 1995; Schloss & Smith, 1994)；自我控制缺陷的兒童可能由於缺乏自我控制而無法穩定持續的表現應有的適當行為，導致有時候可以表現適當，有時候卻出現不適當的表現，此問題需透過認知行為策略的補救訓練。

	習得缺陷 (acquired deficit)	表現缺陷 (performance deficit)
無干擾作用	社交技巧缺陷	社交表現缺陷
有干擾作用	自制-技巧缺陷	自制-表現缺陷

圖 6-4　格雷許門的社交技巧缺陷之分類
（資料來源：整理自 Gresham，1988，P 526、532）

（二）訓練方式

　　格雷許門(1981)分析文獻所用的社會技巧訓練採用上述三個訓練理念的情形，結果發現三項社會技巧訓練的理念在文獻上都能獲得證實。(1)以技巧缺陷為基礎而採用示範教學為訓練的研究，17 篇研究發現實際示範(live model)或符號的示範(symbolic model)均可增進障礙兒童的社會互動、合作、分享與社會技巧。(2)以行為表現缺陷為假設而採行為前事或結果控制的訓練研究，11 篇研究採控制前事變項研究障礙兒童社會行為表現，可歸納為三種方法，請研究同謀的同儕主動邀請、設計演社會戲的活動(sociodramatic activities)、或是運用合作性的工作或遊戲，結果發現前事變項的控制能有效增加障礙兒童的適當社會互動行為。 (3)以自我控制缺陷的為假設之訓練，主要有自我教導(self-instruction)、自我評鑑(self-evaluation)、與自我增強(self-reinforcement)，訓練的方式有示範、在旁教導（或稱教練，coach)、增強等，多數研究結果都肯定訓練成效，甚至有些研究發現效果優於外在增強。

　　巴克雷(Barkley，1990)對 ADHD 兒童的社會行為訓練課程建議包括進入團體、溝通、問題解決與衝突化解、憤怒控制等四項重點，也建議社會行為訓練之團體訓練長度至少十次聚會，每次 75 分鐘，或十八到二十次聚會，每次六十分鐘。社會行為的訓練方式大多採認知--行為訓練模式，包括教練教導、示範、角色扮演、口語演練、回饋矯正、和策略學習等技術，也有些則採用行為原理訓練，毛分等人(Vaughn，et al.，1990)綜合社會行為訓練的實證研究，發現訓練課程可以顯著改變兒童的行為，但不一定可以改變兒童被同儕接納的程度，因為影

響同儕接納的因素很多，除了社會行為外，還包括成就、能力、外表
等。毛分(Vaughn)等也提出影響訓練效果的因素有三：

1. 訓練的長度：以約 23.3 小時，持續約 9.2 週的訓練，訓練的時
   間太短效果不彰。
2. 團體的人數：小團體的方式(二到十人)或個別訓練方式都有效
   果，而過大的團體無法證實其訓練的效果。
3. 訓練的方法：運用認知─行為模式(CBM)或後設認知模式的訓練
   效果最好，訓練方式未採上述方法者多未見顯著效果。

　　國內鄭惠霙（民 86）參考郭斯定(Goldstein, 1988)即利用認知
行為治療模式設計一套社會技能訓練課程，訓練程序為教學程序為：(1)
引起動機或複習舊技巧、(2)說明新技巧、(3)決定情境、(4)教師示範、
(5)輪流演練、(6)觀眾回饋、(7)修正演練、(8)發作業及下次技巧卡
等步驟。並參考巴克雷(Barkley, 1990)之建議設計 13 次課程，課程
內容根據洪儷瑜（民 86）編製之「青少年社會行為量表」診斷結果與
教師意見，決定以基本溝通技巧、情緒控制、壓力處理、合作訓練與
問題解決等為訓練內容，詳見表 6-7。以國小六年級之 8 位 ADHD 學生
為訓練對象，結果雖然在成效評量上未完全獲得肯定，但有兩位 ADHD
學生有顯著成效，且教師對此訓練課程均給予一致的肯定。

　　雖然認知行為治療(CBM)在 ADHD 兒童的介入流傳頗廣，但 CBM 在
ADHD 兒童除了專注力訓練外，其他方面治療的效果尚未獲得一致的肯
定(Barkley, 1990; Hung, 1990)，甚至未發現比單純(或傳統)的行為

改變技術效果較好，可能如羅伊得等(Lloyd et al., 1990)所提的理由，CBM 技術可以(1)減少教師或照顧者的時間、(2)加強處置的效果、(3)增加處置效果的持續性，以及(4)增加處置效果的類化或轉移之可能性，所以臨床工作者會對它趨之若鶩，只是這些臨床工作者深信的理由卻尚未被研究證實，正如筆者與研究生之系列研究結果。

表 6-7、認知－行為治療之社會技能訓練課程內容範例

單元	技巧名稱	演　練　情　境
0.		暖化與說明：說明人際行為訓練之目的、內容、進行方式等、並詢問其期待。
1.	遵循指示（傾聽、問問題）	甲組：第一次上課時，老師發現阿益瞇著眼睛看黑板，即指示他以後應將眼鏡視為必備用具，因阿益抗拒未從，故以此為情境。 乙組：阿世於朗讀時，有字不會唸，要求寫上注音時抗拒，故以此為情境。
2.	自我介紹（主動攀談、聊天談話）	兩組：主動去認識（新）同學，並與之談話。
3.	加入	甲組：加入別人的球賽或活動 乙組：加入同學的聊天談話
4.	表達情緒（了解自己的情緒）	甲組：假日與同學相約打球，但同學爽約沒來，空等許久，打電話對他表達不悅。 乙組：被同學嘲笑時，對他表達情緒。
5.	處理忿怒	甲組：阿益上次阿洪演練時倒退不慎碰到他，即忿怒並推擊阿洪，以此為情境，演練應有的處理之道。 乙組：被同學踩到腳時、書本被同學亂畫時。
6.	體諒他人的感受	甲組：阿新於團體第一次時，被呼以某性感女星之名，要眾人來體會阿新的感受。 乙組：英文教學時，進行分組比賽時，阿世曾被排拒，因而演練體諒阿世(被排斥者)的感受。
7.	求助（道謝）	甲組：數學課聽不懂，下課後請同學指導。 *乙組：上課忘記帶講義，向同學請求一起看。
8.	讚美	甲組：擇一團體內同學，想出他可讚美的事。 *乙組：擇一團體內同學，想出他可讚美的事。
9.	鼓勵自己	甲組：因上次演練中，阿新不認為自己值得讚美，因有此課。情境為在公車上讓座後，自我鼓勵。 *乙組：在公車上讓座後，自我鼓勵。
10.	處理分離	甲組：因阿新將移民、本課程將結束，且下學期即唱驪歌，而安排此課。每個人選一位同學（移民或轉學）演練之。 *乙組：與將畢業或轉學的同學分離。
11.	被拒絕	*甲組：加入別人的活動或分組時，被拒。
12.	抱怨 回應抱怨	*甲組：約好 9：30 上課，阿洪遲到 20 分鐘，讓大家久等，大家練習抱怨他。
13.	處理團體壓力	*甲組：下課後，一群同學要拉他去泡沫紅茶店。

取自鄭惠霙（民 86），61 頁。

第四節　親職訓練

　　家長的親職訓練和父母諮商也是對 ADHD 兒童心理治療的主要模式之一，也是在 ADHD 患者運用最多的治療方式。由於 ADHD 患者的問題並不限於其症狀或原來的問題，如第三章所述，其衍生問題的嚴重性也不容忽視，而這些問題常不是藥物治療可以解決的，因此親職訓練或父母諮商就顯得特別重要，巴克雷(Barkley, 1990)綜合有關的實證研究發現親職訓練無論是單獨使用或和藥物合併運用，都顯出正向的效果，治療的效果不只減少 ADHD 兒童的行為問題，也對 ADHD 的其他家人有正面的效果。巴克雷(Barkley, 1990)曾經主張親職訓練應包括三項目標，第一是增加家長對 ADHD 的認識，其次在持續地督導家長運用行為管理技術，第三是在協助家長接受擁有一個 ADHD 孩子的事實。

一、訓練內容

　　為達成這三個目標，巴克雷提出十個階段的親職訓練模式，各階段的訓練重點和方式分述如下：

1. 介紹父母認識整個訓練計畫，開始介紹 ADHD 以及與父母溝通專業人員目前對他們的孩子之診斷。
2. 介紹四種因素讓父母利用這四種因素了解自己和孩子的親子關係，這四種包括孩子的氣質、父母的個性、家庭壓力、和情境的結果等，並介紹簡單的行為管理原理。
3. 利用活動訓練父母正向的關懷和忽視的技巧。
4. 訓練父母擴展正向的關懷到孩子適當的獨立遊戲行為和服從的表現，以及訓練父母以更有效的方式給孩子指示。
5. 建立家庭的代幣系統為孩子行為管理的方法。
6. 回顧整理家庭實施的代幣系統，增加反應代價的技術以處理不適當的行為。
7. 訓練父母對於嚴重的不服從行為運用隔離或剝奪增強的權利。
8. 擴展隔離或剝奪的技術到其他不適當的行為。
9. 回顧整理訓練階段的學習，提供父母對未來孩子問題行為的處理。
10. 約一個月後，再度聚會評估親子關係和孩子的現況，以對行為管理作必要的修正，故稱這次聚會為促進器階段(booster session)。

　　黃裕惠(民 86)綜合文獻發現家長的訓練重點可能因孩子的年齡而異，對於學前或學齡孩子的家長，行爲管理技巧之訓練有效，因爲這個階段的孩子在基本能力和常規之學習，高結構的環境和常規對他們較有幫助；但對於青少年孩子的家長訓練的重點應以傾聽、溝通、協商的技巧爲主，依據孩子年齡設計區分式的課程較爲有效。

　　國內鄭琿、詹淑如(1992)曾於醫院提供將 10 次訓練課程分簡短演講、討論、經驗分享和作業等四部份的安排，也發現參與之家長獲得情緒上與認知上之成效。

二、三層次之訓練形式與重點

　　另外可以根據訓練之形式與處理問題的深度，將訓練分成三個層次，筆者認爲家長的親職訓練也可依據目標不同分成教育性、諮商性與治療性的親職訓練課程，參見表 6-8。一般而言，教育性的課程較著重在知能的教導，包括上述有關 ADHD 介紹與管教技巧之訓練，此類型之課程較適合於一般學齡前或低年級 ADHD 孩子的父母或是家庭功能尙可的父母；第二層次的親職教育重點應在諮商性目標爲主，主要對象爲已有心理困擾，無法接受自己孩子的事實或是無法改變自己改用新管教方法的父母，這類課程重點應擺在父母情緒支持、經驗分享與心理成長；第三類則爲治療性目標，以父母本身適應欠佳或家庭功能以嚴重受損之家庭，主要都採個別化或同質性家庭之治療爲主。一般學校或家長協會辦理之演講或訓練課程可稱之爲教育性課程；有些家長團體、諮商中心或醫院組成之父母之成長性或支持性團體，則屬於

第二種；第三種多數在醫院進行。國內由於提供給 ADHD 家長的訓練課程的數量不多，各種層次之課程也不均，經常都只停留在教育性的訓練，請專家演講，未能有滿足不同需求的訓練課程，導致很多家長聽遍了全國各種專家的演講或課程，卻仍是無法改變，事實上這些家長需要的可能不是這類初層次的知能訓練可以幫助他們的。

表 6-8、三種不同層次之親職訓練形式

項目	教育性	諮商性	治療性
對象	一般 ADHD 孩子家長學齡前、低年級孩子之家長	對有心理困擾之家長、尚無法接受孩子的障礙、無法學習新方式	對有嚴重心理困擾之父母或家庭功能嚴重受損之父母
目標	學習 ADHD 孩子之管教知能	情緒支持、自我瞭解、心理成長	情緒支持、心理治療
形式	演講、討論	討論、演練	討論、演練
方式	團體	團體、個別	團體、個別

三、訓練方式

　　上述訓練可以個別或團體方式實施，個別實施的好處是時間容易安排，可以針對不同家庭需求設計、也較能獲得立即回饋，而且對不願意讓別人知道自己家裡問題的家長而言，個別實施比較安全，但是缺點是耗時、費用較高，而且缺乏與同類型之家長分享經驗之機會。反之，團體訓練成本較低、可以提供個別訓練所缺少的成員的瞭解與互動，ADHD 家長能夠認識一些和自己一樣的家長，互相的支持和分享經驗，可以增加社交接觸的機會（黃裕惠，民 86）。美國最活耀的家長團體「注意力缺陷兒童」(CHADD，詳見附錄八）就是在結合父母的力量彼此互相支持和激勵，這股同志的力量常非專業人員的訓練可以取代的。惟，巴克雷這套訓練雖廣為運用，但尚缺乏實證性的研究證實它具體的效果，或不同實施方式的利弊，目前的效果資料都只是臨床工作者的經驗而已。

四、訓練成效

　　黃裕惠(民 86)綜合文獻發現影響親職訓練之成效的因素有三方面，一方面來自訓練者本身，例如訓練者之專業態度、被督導之臨床經驗、以及處理父母抗拒之能力等因素，會影響訓練之成效；另外在訓練方式也會影響成效，包括課程設計之方式、治療關係、執行的彈性與速度，以及訓練後之持續性追蹤與否也會影響成效（鄭珔、詹淑如，1992；黃裕惠，民 86）。

　　參與訓練之父母本身的因素也會影響成效，例如父母之婚姻狀況、個人本身之人格特質、社經地位、社會支持系統、教育程度等因素，巴克雷認為至少高中學歷、個人或家庭壓力低之父母較能受益於親職訓練受惠（引自黃裕惠，民 86）。根據上述三種訓練形式的觀點對一般訓練課程無效之父母，需要的可能是另一層次之專業協助。

　　綜合上述各項有效介入方式的，發現目前沒有任何一項的治療對所有 ADHD 兒童是絕對有效，或是任何一種方式可以取代其他的治療，多種治療方式的配合之介入可能是最有效的方法，正如第四章所述，ADHD 患者異質之大，包括如何配合或需要哪些配合使用可能需要根據 ADHD 兒童和其家庭的需要設計個別化治療計畫，正如雞尾酒療法般的，不同的 ADHD 兒童與家庭所需要之雞尾酒配方可能也不盡相同。遺憾的是回國數年所接觸到的家長，幾乎都是走過同樣的路，採同樣的方法，當然也可能經歷同樣的失望。這些無效率之介入不只是增加家長與孩子之失望與挫折，也浪費社會不少成本，因此，如何提供家長在尋求專業協助時應有之態度，以及如何與家長設計適當的雞尾酒介入方案，可能國內相關專業未來對 ADHD 患者與家庭之服務應該努力改善的。

第七章

注意力缺陷過動學生的教育

導讀問題：

1. 注意力缺陷過動症患者在什麼時候比較容易被轉介去診斷？為什麼？

2. 何謂消極增強陷阱？如何以「消極增強陷阱」之意義解釋注意力缺陷過動兒童與其父母的親子互動關係？

3. 在國小與國中階段之注意力缺陷過動學生有哪些差異？這些差異對教育有何意義？

4. 如何確定 ADHD 學生是否需要接受特殊教育？為什麼？

5. 如何設計教育方案滿足 ADHD 學生複雜的的教育需求？

第一節 各發展階段注意力缺陷過動患者 的教育需求

　　注意力缺陷過動症會因不同發展階段的發展特徵，而表現出不同的教育需求，瞭解這個疾病如何出現在各階段或如何影響各階段的發展，可以幫助減少 ADHD 在各階段對患者的傷害。巴克雷(1990)和提特(Teeter,1991)綜合文獻提出 ADHD 在嬰幼兒、學前、兒童、青少年、和成人等五個發展階段的表現和影響。

一、嬰幼兒期

　　ADHD 最早被發現的年齡常是在三歲左右(Barkley, 1989)，因此 ADHD 在嬰幼兒階段往往還未能被診斷出來。嬰幼兒階段最能預測 ADHD 的因素有下列六項(Barkley, 1990)：

　　1.家族中有 ADHD 的病例

　　2.母親懷孕時健康不佳、抽煙、喝酒等

　　3.單親家庭或父母學歷低

　　4.嬰兒期健康不佳或發展遲緩

　　5.嬰兒期出現高活動量和對大人要求多(high demandings)

　　6.嬰幼兒階段母親對孩子的管教方式

　　除了上述因素外，提特(Teeter, 1991)綜合文獻對 ADHD 嬰幼兒的特徵之描述，整理出常見的 ADHD 嬰幼兒的特徵，簡述如下：

1. 嬰兒期

　　極度愛哭、愛睏、疝氣、有餵食問題、易被吵醒、過度敏感、枕葉腦波(EEG)異常、頭圍過小、困難型的氣質(亦稱為難飼養型)、少笑、不討人喜歡等。

2. 幼兒期

　　不討母親喜歡、和母親互動少、母親易出現高壓力、自卑、親子關係緊張等。雖然 ADHD 在嬰幼兒已出現上述危機，但巴克雷(Barkley, 1990)提出有利於 ADHD 嬰幼兒發展的四項因素，包括母親高學歷、嬰兒健康情形不錯、嬰幼兒的認知或語言發展不錯，以及家庭關係穩定等，這些因素均有利於避免 ADHD 嬰幼兒在未來發展階段的適應問題。

　　因此，當父母發現嬰幼兒階段的孩子有上述特徵，應該注意如何因應孩子上述之問題，與孩子建立穩定與良好的親子關係，必要時可以尋求協助或參加訓練，學習教導這類孩子的管教技巧，如第六章所述，千萬不要被孩子的特質引誘為暴躁、憤怒的父母。研究發現難飼養型特質的孩子容易被父母施以體罰，或是容易讓父母放棄對他們耐

心的要求或訓練，美國學者皮特森(Petterson)稱之為「消極增強陷阱」（negative reinforcement trap）(引自 Kauffman，1993)，亦即父母常因受不了孩子的吵鬧或抗拒，而不再要求孩子或耐心的訓練孩子，如圖 7-1。如果孩子除了好動之外，還有心智能力、語言、動作等發展遲緩的現象時，也可以尋求兒童心智科、兒童精神科或小兒科等醫師之協助。

圖 7-1、「消極增強陷阱」範例

二、學前期

三、四歲的 ADHD 兒童在不專注、過動的特徵表現已很明顯，其問題可能已嚴重到足以被父母或幼稚園的教師懷疑，甚至可被診斷出 ADHD，然而在這時候被診斷為 ADHD 的兒童只有 48%的人在他們到小學或國中仍被診斷為 ADHD，換言之，約有一半在此階段被懷疑為 ADHD 的兒童，長大後會被做不同的診斷，這是因為學前階段的兒童有很多行為、認知的特質仍在快速發展中，表現仍不穩定，不容易診斷，除非是非常典型或明顯者，否則，很多醫師只會診斷為疑似 ADHD 或發展

遲緩，甚至不給任何診斷名稱。

　　學前階段的 ADHD 兒童常被父母描述為靜不下來、總是有事情做的樣子，像裝有馬達似的動不停而不需要休息、經常爬上爬下、經常惹禍或發生狀況等(Barkley, 1990)，另外，提特(Teeter, 1991)也指出，學前 ADHD 兒童會出現不服從、暴怒等問題，在這階段仍很難做大小便訓練。在有學前 ADHD 的家庭方面，父母在這階段承受的壓力到了頂點，他們發現一般管教子女的方法無法應付 ADHD 孩子的問題，他們管教 ADHD 孩子時，也出現較多的指責、指示、懲罰等(Barkley, 1990)。

　　如果 ADHD 兒童進入學前教育機構，他們在學校內會出現常離開坐位、不適當地亂逛校園、破壞同儕的活動、多嘴或製造噪音等，由於他們的行為問題，ADHD 兒童常面臨被幼稚園退學，由於幼稚園非義務教育，ADHD 兒童一旦被學校拒絕，也很難找到合適的褓母，因此增加父母不少壓力。提特也摘要文獻指出，真正的 ADHD 兒童和情境式的一般過動問題兒童在此階段可見差異，真正的 ADHD 兒童在問題行為和學習的表現上較情境式的過動問題兒童為差，真正的 ADHD 兒童離開坐位的頻率較高、破壞性行為較多、自我概念也較差(Teeter, 1991)。巴克雷(1990)指出，沒有攻擊行為問題、ADHD 之症狀程度較輕、智力較高的 ADHD 兒童，適應狀況會好些，可以遵守幼稚園或托兒所的要求，且在這階段的成長會顯得比其他 ADHD 兒童順利。

　　當孩子在此時已出現 ADHD 症狀，教師或父母應利用有效之行為管理方式，耐心的訓練其應有之常規，並因應孩子生活上可能出現之問題，訓練他應有的社會技巧，千萬不要一味的要求他或指責他的不是，或是輕易的放棄。很多學齡前的 ADHD 孩子經常無法獲得應有的讚美或

成功的機會，導致憤怒或心理不平衡，或是因大人之管教不明確或不堅持，導致孩子不易習得應有之常規行為。如果家長或教師對管教方法上有問題，應該參加有關家長效能或管教技巧方面的訓練，或是參考有關書籍或家長手冊（參見附錄八）。

三、兒童期（國小階段）

　　大多數 ADHD 兒童都是在小學階段被診斷為 ADHD 的，尤其是在十一歲以前被發現的最多，十二歲後才被診斷為 ADHD 的人數就減少很多 (Barkley, 1990)。多數兒童入學後，由於學校生活開始有較多的規範要求，兒童較難像未入小學一樣的為所欲為，而這階段的兒童多數時間都在學校，由於 ADHD 兒童無法表現安靜坐好、聽講、遵守指示、與人合作、組織自己的行為、服從教導，或是按預定作息做事等要求 (Barkley,1990)，會讓 ADHD 兒童在學校同年齡的孩子中凸顯出他們的不一樣，因而被老師轉介出來。如果 ADHD 兒童還會出現攻擊行為、干擾教室學習或從事危險活動，他們就會被因此被學校拒絕，尤其是在一、二年級的階段。ADHD 兒童在這階段主要的問題有學業、社會關係和家庭關係。家長在這階段常不只操心孩子的行為，也需開始為孩子的功課傷腦筋，尤其是 ADHD 兒童很多都伴有學習障礙，他們的學習因而容易遭遇困難，他們的困難可能有如第三章所論的適應問題之複雜。

　　由於小學階段是多數 ADHD 兒童問題凸顯的時期，所以也是最好訓練的階段，尤其在其症狀剛被發現時，多數因症狀所致的問題仍不複雜，還很容易改進時。只要教師在教室的管理與教學提供較多的協

助與回饋（參考前一章與第八章有關行為管理的技術），或是由學校專業輔導人員與受過這方面訓練的特教教師，教導學生在學校團體生活應有的技巧與策略，或是由他們協助教師執行代幣制管理學生之行為，應該可以幫助孩子表現出適當的行為，也提供孩子正向學習經驗，而讓他有信心學習改進自己。教師與校方盡量避免給 ADHD 學生嫌惡的經驗，因為太早讓孩子感受到環境的拒絕、放棄，甚至偏心等負像的經驗，容易扭曲 ADHD 兒童的人格成長，而強化 ADHD 學生的反抗與攻擊。筆者發現國內有些國小老師或家長迷信體罰或以坐「特別座」處罰或羞辱 ADHD 學生，這樣的處罰常激怒無法自我控制的 ADHD 學生，或是打擊他們的信心。久而久之，他們慢慢對周遭環境或對自己產生敵意，甚至也學會以暴制暴的方式反抗，等到他們到高年級或國中階段時，暴力、犯罪、違規行為亦將隨之而出。

四、青少年期（中學階段）

　　雖然 ADHD 兒童到了青少年階段，他們的過動、衝動和注意力持續等問題可能好轉，但 70-80%的 ADHD 青少年在這三項問題的程度仍在不當的範圍，甚至會因為他們在青少年階段的發展任務，如角色認同、受同儕團體的接納、對異性的興趣和生理上的變化等影響，而使得 ADHD 青少年衍生的適應問題變得更加複雜，據估計 25-35%的 ADHD 青少年出現反社會行為和違規行為(CD)，58%的 ADHD 青少年在學校至少留級一次 (Barkley, 1990)。巴克雷(1990)發現對於 ADHD 青少年的學業成就、就學和職業最有預測力的變項是家庭社經地位(SES)和孩子的智

力；預測青少年階段的攻擊和暴力，則以親子間的敵意和衝突最有預測力；而兒童階段所表現之 ADHD 症狀之程度和青少年階段學業適應也有顯著關係。以青少年階段的表現預測未來成人生活方面，巴克雷也指出，成人的人際適應情形，以學齡階段的人際關係問題最能預測，由這些研究資料可知，ADHD 的適應狀況在各發展階段間有前後呼應的重要關連。

　　青春期階段的 ADHD 學生所出現的問題常不像兒童階段那麼單純，多數問題經常已是症狀與後天經驗交互作用所產生的複雜關係，所以在介入上也會顯得格外困難；又加上青春期的反抗心態，父母與教師已不再那麼具影響力，在追求同儕認同之需求下，造成 ADHD 學生在此階段容易出現攻擊、違規、逃課、逃學等外向行為問題，或是學業低落、缺乏信心、焦慮、憂鬱等內向問題。因此，國中階段之輔導應考慮其預後之助力或阻力，如智力、家庭親子關係、人際關係等，安排適當的輔導策略與優先的介入重點（可參考文後之三階段教育方案）。此外，在國中 ADHD 學生之生涯輔導方面，如何配合孩子的能力與興趣，幫助孩子選擇適合 ADHD 特質之職業生涯，也是相當重要的。

五、成人期（中學後）

　　目前只有少數研究追蹤 ADHD 成人的生活狀況 (Barkley, 1989;Gittelman, 1985; Weiss & Hechtman, 1986)，根據研究結果發現，50-65%的 ADHD 患者到了成年仍保留 ADHD 的症狀，雖然他們能獨立生活，但他們的學歷和社經地位(SES)都比與之對照的一般成人為

低，甚至比他們的成年手足低。此外，他們出現心理問題的比率也較高，20-45%的 ADHD 成年出現反社會行為或犯罪，其中 25%已符合精神醫學的「反社會人格」的診斷標準；12%的 ADHD 成人有濫用精神刺激物質(substance abuse)，包括酗酒、吸大麻等；75%的 ADHD 成人有人際關係的問題，而 79%成人有精神官能症的問題，例如焦慮、憂鬱或心因性疾病等，10%曾有自殺記錄；而只有 11%的 ADHD 患者到了成人階段還沒有出現任何精神方面的問題，可見 ADHD 成人的適應問題之嚴重程度並不亞於他們的童年。因此，ADHD 成人也需要心理、職業或家庭方面的輔導。

第二節　注意力缺陷過動學生的教育

一、 ADHD 學生是否需要接受特殊教育

據「注意力缺陷和相關疾病的專業團體」(Professional Group for ADD and Related Disorder，簡稱 PGARD)估計，有 50%的 ADHD 學生接受特殊教育，其中的 1/3 被診斷爲學習障礙(LD)，而 1/3 到 2/3 被診斷爲嚴重情緒困擾(SED)。爲了追求 ADHD 孩子受適當教育的權利，ADHD 兒童的家長力爭在特殊教育類別中獨立增加 ADHD 一類，在數年的爭取後，美國教育部在 1991 年夏天簽署保障 ADHD 兒童接受適當教育之權利的公告。該公告並未在 1990 年的「身心障礙者教育法」(Individuals with Disabilities Education Act，簡稱 IDEA，爲 1975 年「全體身心障礙兒童教育法」的新名)中再增設獨立一類，而是將 ADHD 納入現有類別中，亦即 ADHD 學生如果符合特殊教育標準者(即學業成就受到 ADHD 嚴重影響)則可歸入 IDEA 的「其他健康缺陷」(other health impaired，簡稱 OHI)一類，以接受適當特殊教育，理由是因爲「ADHD 是一種會導致警覺力受限而影響教育成就的慢性或急性之健康問題」(引自 CEC，1992，p.1)，如果 ADHD 學生符合現有其他的類別，如學習障礙或嚴重情緒困擾的標準，也可以以該類別接受特殊教育；如果 ADHD 學生不符合 IDEA 的標準，則以 1973 年的「職業復健法案的第 504

條」(Section 504 of the Vocational Rehabilitation Act，簡稱 504
條)要求應有之服務，在該條款指出學校應該評量學生的狀況，不管學
生是否爲身心障礙，如果學生有「足以限制主要生活活動(如學習)的
生理或心理缺陷」(Federal Register, 1973, 104.3, j；引自 Teeter,
1991)，地方教育單位(local educational agency，簡稱 LEA)應該確
定學生的教育需求(安置在普通教育或特殊教育)，如果安置在普通教
育，地方教育單位也應負責提供必要的協助或相關服務。美國特殊兒
童學會(CEC, 1992)將教育部對 ADHD 教育安置問題的規定以流程圖表
示，如圖 7-2。

　　雖然美國已有明文保障 ADHD 學生接受適當教育的權利，國內的特
殊教育法或其他相關法令卻尚未注意到 ADHD 學生。去年「特殊教育法」
剛通過時，並未明列「注意力缺陷過動症」爲身心障礙之一類，中華
民國過動兒協會爲了爭取在特殊教育法之子法中明文包含注意力缺陷
過動症，曾召開記者招待會，也引起國內學界的一場爭議（中華民國
過動兒協會會訊，1997）。至於 ADHD 學生應不應該接受特殊教育，以
及應不應該於特殊教育法爭取單獨設置一類，這些問題在美國 1980 年
代已被廣泛討論過。提特(Teeter,1991)建議，在決定是否讓 ADHD 學
生接受特殊教育時，應由特殊教育所要照顧之身心障礙之標準來討論，
他以身心障礙之五個準則討論 ADHD 是否需要特殊教育，亦即功能損
傷、嚴重影響學校適應、問題之跨情境與普遍性、慢性持續的症狀、
顯著異於一般同儕等，他認爲如果以這五個準則考量，則多數具有中、
重度症狀的 ADHD 學生應可符合身心障礙之條件：

1. 具有功能上的損傷

ADHD 學生在 DSM 或 ICD 的診斷標準中均要求須具有「影響適應功能」之標準，因此，ADHD 學生應符合功能損傷之條件。

2. 嚴重影響學校適應

ADHD 學生在 DSM 或 ICD 的診斷標準中均要求學校情境的評量，如症狀表現在學校，對學校之適應造成嚴重之影響。

3. 問題之跨情境與普遍性

ADHD 之症狀或問題必須跨情境出現，且具有普遍性，因此前文所提及的情境式的過動兒童，如採寬鬆的標準也被診斷為 ADHD，則就不應納為特殊教育之服務對象。

4. 慢性持續的症狀

多數身心障礙照顧之對象的障礙是長期持續的，ADHD 的症狀也是長期持續，甚至終生的，故符合此標準。

5. 顯著的異於一般同儕

ADHD 學生的異常表現應達一般身心障礙之顯著異於常態之標準，以 ICD 對 ADHD 所提之診斷標準，問題行為應在評量表評量結果達百分等級 95，此標準應符合異於常態的標準。

因此，如果採嚴格之 ICD 診斷標準所得的 ADHD 學生應該可以符合上述標準，只是，一如美國學界所擔心的 ADHD 診斷標準鬆嚴不一的問題，如果國內醫學界的診斷可能也有如此問題的話，一味的容納所有被診斷為 ADHD 的學生進入特殊教育服務，甚至連情境式的過動問題也被視為 ADHD，恐怕會造成特殊教育資源的浪費。

二、接受哪一類之特殊教育

　　美國相關部會於 1991 年 9 月決定以「身心障礙者教育法」修正案之方式保障 ADHD 學生接受特殊教育之權利，但此修正並未因應家長的要求，單獨增列一類，而是保障符合特定障礙類之標準者可以根據「身心障礙者教育法」接受特殊教育，如果不符合者，可以依據復健 504 條款在普通教育中接受應有之服務，如圖 7-2 所示，因此，此修正案在於強調保障 ADHD 學生在特殊教育與普通教育接受適當教育的權利(Hocutt, McKinney, & Montague, 1993)。

　　至於為何不獨立增列於身心障礙之類別中，在於家長增取獨立增列之時，多數學術團體反對之故，主要反對的理由有三：(1)很多 ADHD 學生早已有資格接受特殊教育，因為也有學習障礙或嚴重情緒困擾（亦即情緒障礙）；(2)如果不符合障礙資格之 ADHD 學生也納入特殊教育服務範圍，有限之特殊教育資源將被瓜分；(3)ADHD 症狀診斷標準不一致(Hocutt, McKinney, & Montague, 1993)。除此之外，筆者也另加補充下列兩項理由反對單獨設類：

1.ADHD 是醫學之類別，非教育之類別，在醫學診斷與治療上，有其單獨成類之意義，但特殊教育之服務類別並不需要完全與醫學分類相同，否則，如果所有兒童精神醫學所設之疾病全都明列特殊教育法中，將只會造成特殊教育不必要的複雜化。目前各國特殊教育已開始檢討細分各類意義的必要性，已有學者建議合併分類，如大分類或不分類之作法（王天苗，民 86；洪儷瑜，民 79）。

2.ADHD 之分類組型間的差異，所反應出來之教育需求差異很大，即使單獨成一類，也難代表需要類似的教育服務方式，尤其是 ADHD 學生有資優者也有輕度智障者，有安靜作白日夢、認知學習需求大於行為適應者，也有以衝動、過動、攻擊、干擾行為為主要需求者，單獨列為一類並無法反應出該類的共同教育需求，因此，單獨列為一類在特殊教育上，則沒有其必要性，甚至可能誤導教師對 ADHD 學生之需求的刻板性期待（洪儷瑜，民 79）。

美國雖然未將 ADHD 單獨列為一類，但 ADHD 學生可以依其需要不同在現有特殊教育類別中以最符合的類別安置，大致包括「學習障礙」、「嚴重情緒困擾」或「其他身體病弱」等。所屬各類之標準，有兩種說法，一則是 ADHD 學生符合「學習障礙」或「嚴重情緒困擾」之標準者，則以該類進入特殊教育，否則以「其他身體病弱」類進入特殊教育；另一種說法則是以 ADHD 之伴隨障礙來決定該屬於哪一類，然而，基於尊重 ADHD 本身之特殊教育需求，美國政府所提出之作法以前者標準為主(Hocutt, McKinney, & Montague, 1993)。

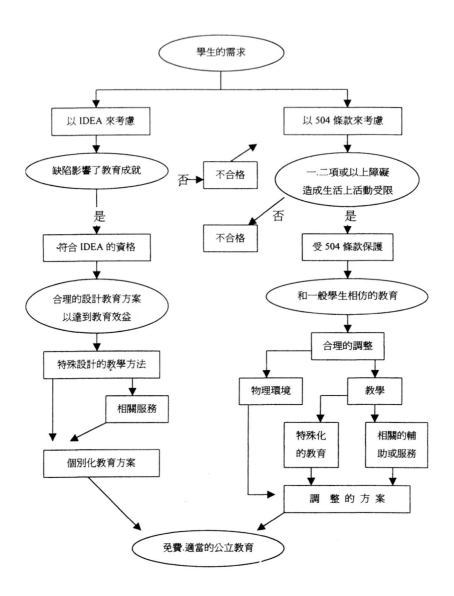

圖 7-2、美國法令照顧 ADHD 學生之工作流程

資料來源：CEC(1992): Children with ADD: A shared respinsibility. P. 3.

（一）身體病弱

國內討論「身心障礙及資賦優異學生鑑定原則、鑑定基準」（張蓓莉、蘇芳柳、蔡采薇，民 86）時，有學者建議仿美國列入「身體病弱」，然而，國內對「身體病弱」所草擬定義為「係指慢性疾病、體能虛弱、需要長期療養，以致影響學習者」（張蓓莉等，民 86，第八條），像美國所服務之對象為嚴重生理疾病或是生理功能有特殊需求者，該定義中所代表之群體的教育需求顯然異於 ADHD 學生。

（二）學習障礙

在綜合學習障礙的標準方面，學習障礙在美國與我國之定義中有四個重要特點（參見表 7-1）：(1)中樞神經系統異常之病因；(2)主要是心理歷程或基本認知能力的異常特徵；(3)有聽、說、讀、寫、算等方面之學習困難；(4)非其他障礙或外在因素直接所致等，在這四個重點中，ADHD 可以符合第一、二個特點，因為 ADHD 也為中樞神經系統異常之病因；此外，注意力乃為心理歷程之一種基本能力，因此注意力缺陷也可算是心理歷程異常之一，因此在學障類型之舉例中也包括有注意力缺陷，ADHD 中不專注型的患者即可符合此標準。

（三）情緒障礙

就情緒障礙之定義而言，情緒障礙主要的重點有二，參見表 7-2，（1）行為或心理（情緒）異常顯著異於常態；(2)行為或心理之異常現象會妨礙學校的教育成效。此兩點與 ADHD 之診斷標準符合，惟其中的不專注型中所列之行為項目多半不一定屬於行為或心理反應異常之意義，因此如果將 ADHD 中衝動—過動型和綜合型納入情緒障礙可能較

爲合適。

　　除上述三類身心障礙外，ADHD 學生還可能與智能障礙有關，對於 ADHD 學生智商在 70-50 之間，且生活適應功能較同年齡的同儕爲差者，也有可能被列爲智能障礙類。因此卡夫曼(Kauffman, 1993)曾將 ADHD、輕度智能障礙（MMR）、學障(LD)和情緒障礙(ED)之間的關係，以圖表示之，筆者考慮我國的定義將學障與智能障礙兩者訂爲互斥之關係，將 ADHD 與三者之間的關係定義如圖 7-3。此圖僅表示關係，不代表數量關係。美國的數據發現，三分之一的 ADHD 學生被診斷爲學習障礙，而 1/3 到 2/3 被診斷爲嚴重情緒困擾（CEC，1992）。由於國內學習障礙與情緒障礙在學校間之鑑定仍不普遍，因此國內會有多少 ADHD 學生符合學障、情緒障礙或是智障標準，仍有待進一步研究。

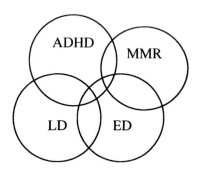

圖 7-3、ADHD 與三種障礙之間的關係

表 7-1、我國與美國主要學習障礙之定義

定義來源	定義內容
我國民國 81 辦法	學習障礙，指在聽、說、讀、寫、算等能力的習得與運用上有顯著的困難者。學習障礙可能伴隨其他障礙，如感覺障礙、智能不足、情緒困擾；或由環境因素所引起，如文化刺激不足、教學不當所產生的障礙，但不是由前述狀況所直接引起的結果。學習障礙通常包括發展性的學習障礙與學業性的學習障礙，前者如注意力缺陷、知覺缺陷、視動協調能力缺陷和記憶力缺陷等；後者如閱讀能力障礙、書寫能力障礙和數學障礙
我國民國 87	學習障礙，指統稱因神經心理功能異常而顯現注意、記憶、理解、推理、表達、知覺或知覺動作協調等能力有顯著問題，以致學生在聽、說、讀、寫、算等學習上有顯著困難者；其障礙並非因感官、智能、情緒等障礙因素或文化刺激不足、教學不當等環境因素所直接造成之結果； 其鑑定基準如下： 智力正常或正常程度以上。 個人內在能力有顯著的差異。 注意、記憶、聽覺理解、口語表達、基本閱讀技巧、閱讀理解、書寫、數學運算、推理或知覺動作協調等任一能力有顯著困難，且經評估後確定普通教育所提供之學習輔導無顯著成效者。
美國教育部 (1991)	指兒童在理解或運用語文的心理歷程中有一種或一種以上的異常，以致於在聽講、思考、說話、閱讀、種以上的異常，以致於在聽講、思考、說話、閱讀、書寫、拼字、或演算等方面顯現能力不足的現象。這些異常包括知覺障礙、腦傷、輕微腦功能失調、閱讀障礙、和發展性失語症等情形。此一詞並不包括以視覺、聽覺、動作障礙、智能不足、或環境、文化、經濟等不利因素為主要因素所造成之學習問題。
美國學界 (1988)	學習障礙係一個通稱不同學習異常的名詞，其包括在聽、說、讀、寫、推理、數學等方面的獲得和使用上出現明顯困難者。這種異常是個人內在因素所引起的，一般認為是由中樞神經系統的功能失調所致；這個學習障礙可能發生在任何年齡。有些人有自律行為、社會知覺、人際互動的問題，同時和學習障礙出現，但這些問題本身並不能單獨構成學習障礙。雖然學習障礙可能和其它障礙同時出現，例如感官缺陷、智能不足、嚴重情緒困擾等，或有外在因素介入，例如文化差異、不當教學等，但這些障礙或外在因素並非導致學習異常的主要原因。

資料來源：洪儷瑜(民 84)：*學習障礙者教育*。台北市：心理出版社。
教育部（民 87）：*身心障礙及資賦優異學生鑑定原則、鑑定基準*。台（八七）特教字第八七一一五六六九號函頒佈。

表 7-2、我國與美國主要情緒障礙之定義

定義來源	定義內容
我國民國 81 年辦法	性格異常（註） 指青少年或兒童時期由於體質、生理、心理或長期外在因素之影響，造成人格發展之缺陷，導致其生活內容、思考方式或行為表現僵滯或偏差者，此種現象通常持續到成年。 行為異常 指在生活中表現之行為顯著異於生活常規或年齡發展常態，並妨害其學習表現、情緒、人際關係、或妨害他人學習者。
我國民國 87 年	嚴重情緒障礙，指學生長期情緒或行為反應顯著異常，嚴重影響生活適應者；其障礙並非因智能、感官或健康等因素直接造成之結果。 　情緒障礙之症狀包括精神性疾病、情感性疾患、畏懼性疾患、焦慮性疾患、注意力缺陷過動症、或有其他持續性之情緒或行為問題者。 　嚴重情緒障礙之鑑定基準如下： 　　（一）、行為或情緒顯著異於其同年齡或社會文化之常態，得參考精神醫師之診斷認定之。 　　（二）、除在學校外，至少在其他一個情境中顯現適應困難者。 　　（三）、在學業、社會、人際、生活等適應困難，且經評估後確定一般教育所提供之輔導無顯著成效者。
美國教育部（1991）	嚴重情緒困擾 1.此一名詞係指會長期且明顯地表現下述一種或多種特質，而對教育上的表現產生不利影響的一種狀況： (1) 無法學習，而又不能以智能、感覺或健康因素加以解釋； (2) 無法和同儕及教師建立或維持滿意的人際關係 (3) 在正常的狀況下，有不當的行為或情緒型態； (4) 普遍表現不快樂或憂鬱的情緒； (5) 有衍發出與個人或學校問題有關的生理症候或恐懼的傾向； 2.此一名詞包括精神分裂兒童在內．此一名詞不包括社會不良適應兒童，除非他們經確認在情緒上有嚴重的困擾。

（續下頁）

美國學界
（1991）
	1. 情緒或行為障礙(emotional or behavioral disorder)是指一種失能(disabilities)，這種失能主要表現在學校教育中行為或情緒的反應顯著異於年齡發展、文化和種族的常態，因而負面地影響教育成效，包括學業、社會、職業或工作、人際交往的技巧，而且這些影響具下列條件.
	  a.不只是暫時或對環境中壓力事件的預期反應，
	  b.持續的表現在不同的情境，且至少一個情境是與校有關，
	  c.在教育環境中曾有個別化的介入計畫，但經由團隊判斷，或由其發展情形發現上述介入是無效的。
	2.情緒或行為障礙會和其他障礙同時出現
	3.這一類可能包括精神分裂症、情感性疾患、焦慮性疾患或其他持續性違規行為或不適應，且上述各項都會負面影響教育成效。

註：各定義之名稱不同，有關名稱之說明可參見第二章之附註

三、特殊教育之服務方式

　　上述就類別討論 ADHD 學生在國內接受特殊教育的安置資格，另外，就教育型態而言，特殊教育可以提供 ADHD 學生的教育安置型態可依限制與隔離的程度，由最少到最多而依序為普通班(regular class)、資源班(resource room)、隔離式特殊班(separate special class)、隔離式特殊學校(separate special school)、變通的教育機構 (alternative education placement)等五種：

（一）普通班

　　普通班是最少限制的教育環境，但卻也是提供最少特教服務的教育安置，通常都是適應功能較佳或症狀程度較輕的 ADHD 學生才適合被安置在普通班。此外，在普通班的學生也有可能是尚未被發現的，或是家長不願孩子被標記為身心障礙或不願接受特殊教育的學生。國內大多數 ADHD 學生可能在普通班就讀，因為很多家長或特殊教師均未瞭解 ADHD 與特殊教育之關係，或是家長不願意孩子被標記為身心障礙，甚至還未被發現為 ADHD。民國 86 年「特殊教育法」特於第十四條明文保障就讀於普通班之特殊學生，「為使就讀普通班之身心障礙兒童得到適當之安置與輔導，應訂定就讀普通班身心障礙學生之安置原則與輔導辦法，其辦法由各級主管教育行政機關訂定之。為使普通班老師得以兼顧身心障礙學生與其他學生之需要，身心障礙學生就讀之普通班減少班級人數，其辦法由各級主管教育行政機關定之。」

　　為避免普通班教師無法照顧特殊學生的問題，特教教師可以提供普通班師生間接或直接的支援。間接方面包括對普通班教師提供教材、諮詢(consultation)、評量或管理方式的協助；直接方面則指直接在普通班內協助教師教導 ADHD 學生，教導班上其他同學認識 ADHD 以及教導他們如何與 ADHD 同學相處，或是以資源班課程提供 ADHD 學生之社會技巧、學習策略訓練，或是學科補救教學。根據美國的標準，在普通班之特殊學生接受特教或相關專業服務的時間以不超過在學時間的 21%為限。

(二)資源班

　　資源班是介於普通班與特殊班之間的教育方式，主要是以普通班的作息表為基礎，提供學生評量、補救教學或其他特殊需求的訓練。資源班依據服務方式也分直接和間接形式的資源班；也可依據招收對象之類別分單類別與跨類別資源班，前者之資源班僅招收單類之特殊學生，如學障資源班或聽障資源班，後者則招收對象包括多種類別，例如身心障礙資源班或是特殊教育資源班（洪儷瑜，民 83b）；資源班也可再依據教學內容、實施場地、教學方法或功能分為不同的類型（張蓓莉，民 80）。安置在資源班的身心障礙學生仍以在普通班學習為主，以美國之標準在普通班的時間不得少於在學時間的 40% 。學生也可以將資源班視為特殊班與普通班間的中途教育安置，資源班的課程較普通班具彈性，除了可以針對普通班課程的補救教學外，也可以實施另一套替代性的課程(洪儷瑜，民 83)，或是針對學生之特殊需求提供普通班沒有的特殊課程。

　　由於資源班介於普通班與特殊班之間，其實施彈性較前二者為佳，主要優點包括有：

1. 資源班的教師和學生都需和普通班師生、學校一般行政人員接觸，可讓特殊學生與普通教育環境保持最高的接觸。
2. 特殊學生在資源班仍可接受具特殊性的教學方法或教材，不致因回歸普通班而失去接受特教的服務機會。
3. 資源班課程設計與教材的選擇必須配合普通班課程與普通教師的期待，不像特殊班完全獨立於普通課程，在如此的教育環境下，特殊學生回歸普通班學習的機會較大。
4. 資源班的課程不必受一般普通班課程標準的限制，可以依據學生在不同教育階段的需求而提供不同的課程。
5. 資源班可以減少特殊教育的標記，其可以稱為資源中心或資源教室；尤其是不分類的資源班，更可不需掛出障礙名稱，可稱為特教資源班，如國內部分學校設有資優和身心障礙兩種資源班，則以「資源班甲」、「資源班乙」稱呼，未出現類別名稱，可避免了類別名稱所帶來的負向標記。

　　由於資源班的課程安排是配合普通班的課表作息，所以藍娜(Lerner,1993)建議，資源班的教學必須非常結構化，而且班級經營也需注意每個學生的個別需要和小團體特性，並增加吸引力，以免造成學生在資源班的學習零碎無效，而對資源班失去向心力。

(三)特殊班

　　特殊班是普通學校內獨立的特殊教育服務方式，通常適合特殊需求較高，不適合在普通教室學習者。特殊班服務的人數較少、規模較

小，其功能在提供較高度的個別化教學，教材、教法、甚至學習環境都可以配合學生的需要而改變，而且可以提供學生較多的指導，較前兩種型態在特殊性與個別性的程度都較高些。多數特殊班都爲單類別的，如啓智班或啓聰班，只招收單類的障礙學生，但國內仍未見學障或情障特殊班，也有部分特殊班會跨相關障礙類別，如啓智班兼收學障或情障的學生。國內雖然沒有跨類之特殊班，但由於啓智班鑑定之問題，目前也有學障或情障學生在啓智班就讀之現象。

特殊班的缺點在於與普通環境隔離，且特殊班內的學生同質性高，因此造成學生缺乏模仿的楷模，或是會因物以類聚而強化學生的問題，有人質疑一個班級內都是 ADHD 學生，怎會有教師敢教或願意教，國內一直擔心聚合情緒障礙學生之特殊班的挑戰，但由於特殊班獨立於普通班，師生比率低，環境、教材、管理等安排均可以配合學生需要以減少學生學習的挫折感，因此，對於需要高度督導、訓練的 ADHD學生，不失爲一個好選擇，巴克雷在麻州即以特殊班方式實驗 ADHD 之教學與介入策略（Barkley, 1992b）。

(四)特殊學校

國內尚無專爲學障或情障學生設立的特殊學校，在美國有專收學障、情障或 ADHD 學生的特殊學校，但多爲私立學校。有些學生全時制在特殊學校就讀，有些學生則只有部分時間在特殊學校接受特殊教育，其他時間在普通學校的資源班或普通班。特殊學校的缺點是成本費用高、通學費時、缺乏與一般學生互動的機會；但其優點是可以爲少數學生提供高特殊性的教學環境，在物理環境、學習課表、課程內容與進度、學習方式都可以配合學生的特殊需求而設計，以及較多專業人

員的配置，學生在學校即可接受所需的相關專業服務，對於部分需要多種介入與多種專業服務的 ADHD 學生，不失為一個好選擇。特殊學校還可分住宿式或通勤式，住宿式的特殊學校可以解決交通費時的問題，或是避免家庭管教不當或家庭功能不彰對教育成效的影響，但卻剝奪了學生與外界環境和家庭接觸的時間。近年來由於特殊教育設置普及，住宿式的特殊學校也逐漸減少。

特殊學校可以單獨設立於教育行政單位下，也可附屬於醫院或犯罪防治單位，依據學生的特殊需求，對於需要密集醫療之學生可以設置於醫院，對於照顧有法院判決之學生則宜設置於犯罪防治單位，例如矯治學校。

(五) 變通的教育機構

變通性的教育機構(alternative education placement)在美國多以招收被學校判決暫時離開學校的學生，或是學生因行為危險或心智狀況尚無法在學校接受教育的學生為對象，大多數是行為或心理有問題之情緒障礙或自閉症、有行為問題之智障或是腦傷的學生，各機構以招收對象之需求而有不同之專業人力結構，有的以精神醫療專業人員為主，有的則以犯罪防治與社會工作人員為主，各機構不一定聘有專任之特教教師，每個學生也不一定安排特殊教育的服務，各機構之特教教師主要依據學生之狀況設計適合該生學習的課程，包括時間長短、內容、與目標（洪儷瑜，民 87），國內目前尚無類似單位，所以目前學校對 ADHD 學生可以轉介的選擇機會實在很少。

第三節 三階段的教育方案

美國特殊兒童學會(CEC, 1992)指出,能讓 ADHD 學生成功的學習的教育環境需要下列兩個條件:

1. 建立學校正向的氣氛(positive school climate)。包括注意環境的安全、建立心理安全感、設立學生可以達成的目標、提供與學生生活經驗相關的課程、有效的教學、避免懲罰、提供與人正向互動的機會以及關心學生等,以讓 ADHD 學生在學校有足夠的支持和教導與成功學習的經驗。

2. 教育人員不斷的再進修(continuing education)。成功的教育源自於有效的師資,因此提供教師和行政人員的養成教育和**繼續教育**很重要,尤其是現職教育人員的繼續教育,幫助他們隨著社會、科技與專業知識的進步而成長,以能夠提供有彈性、符合社會需求、學生需要的教育。

對於 ADHD 學生有效的教育,除了要學校建立正向接納的氣氛與繼續教育現職教師外,有系統的介入方案也是重要的條件之一。很多學校在面對 ADHD 學生時,常缺乏系統的計畫與有效的策略,導致教師雖具有專業的知能,卻因學校行政或督導單位缺乏對系統性教育方案的瞭解,而導致前功盡棄,教師徒勞無功,甚至功虧一簣之遺憾。

　　根據美國學者美爾等人(Meyer & Evans，1989)對嚴重問題行為之介入方案，提出階段式擬定計畫的作法，包括短程治療式的、中程訓練式的，以及長程預防成長式的三階段。由於 ADHD 學生可能出現問題行為非常複雜與繁多，美爾等人之三階段的教育方案，可以提供設計教育與輔導計畫之參考，學校工作人員不要過度期待立即見效的方法，宜以三個階段之目標、性質、目標行為與介入原則來擬定長期階段式的計畫，如表 7-3，現有學校輔導 ADHD 學生之問題，必須採長期的設計，並參考特殊教育實施方式，在教育安置、服務方式與教育目標上因學生之表現做階段式之調整，否則如果只以傳統教育方式介入，只有一種方法從頭做到底，恐怕不只不能成功，而且會徒勞無功。表 7-4 中舉例說明一位 ADHD 學生需要的三階段教育方案計畫，該生在第一階段所需要的方法，甚至安置型態，均以高度外在控制為主，第二、三階段才逐漸回到普通環境較可以提供的方法或訓練。

表 7-3、三階段式的介入方案

階段目標	性質	目標行為選擇	介入原則
短程	三級預防（治療）	最緊急問題	密集式介入、外在控制
中程	次級預防（訓練）	替代性行為之補充	減少介入頻率、加強內在控制
長程	初級預防（成長）	長期性的需求	自然介入、預防自我控制

表 7-4、ADHD 學生之短、中、長程三階段教育方案的目標和主要方法（示例）

階段性	計畫目標	方法
短程	● 個別指導維持學習行爲（減少不適當行爲、增加適當行爲） ● 減低或控制危險或干擾性行爲	行爲治療 藥物治療
中程	● 小組學習行爲(減少外在控制) ● 自我控制行爲訓練 ● 增進基本學習能力 ● 社會能力（行爲）訓練 ● 放鬆訓練	行爲訓練 認知行爲治療 補救教學 行爲、策略訓練 父母諮商成長
長程	● 缺陷之自我覺知與認識 ● 自我控制內在化 ● 大班團體學習(自然頻率外在注意力) ● 時間規劃與活動安排 ● 學習策略的訓練 ● 優點發現或其他專長之培養	心理輔導 行爲訓練 親職訓練

第八章

注意力缺陷過動學生的有效教學

導讀問題：

1. 面對 ADHD 學生，教師應在態度上做哪些調整？

2. 教師在 ADHD 學生之介入中，可以發揮什麼功能？

3. 教師在教學上如何因應 ADHD 學生做調整？

4. 教師在行為管理上可以如何因應 ADHD 學生做調整？

5. 如何才能做到對 ADHD 學生的有效教學？

　　班上出現一個注意力缺陷過動症的學生或是有幾個 ADHD 學生對教師而言，確實是一件挑戰，不管是特殊班教師或是普通班教師都需要重新調整處理學生行為之態度與學習新的方法來面對這種挑戰，如果每一位教師都抱著由接受挑戰獲得學習的態度，教師即可以從學生的問題獲得專業上的成長。本章謹參考巴克雷(Barkley，1990)、雷福(Reif，1993)和菲爾恰德(Fairchild，陳長益譯，民 79)的意見，以及筆者諮詢與教學的經驗，就 ADHD 學生的有效教學之主題，討論教師應有之態度與有效的教學兩方面來探討。

第一節　教師的態度

　　教師面對 ADHD 學生的問題，常常會出現一些不適宜的態度，例如認為 ADHD 是一種生理疾病，只有醫師可以協助，甚至發現藥物可以有效的控制學生的症狀時，教師更容易認為 ADHD 不屬於教育的範圍，不關老師的事，事實上國內也有人認為，教師非臨床醫學專家或特教專家，無法對 ADHD 之治療插手，然而，美國雷福(Rief，1993)認為，教師應是幫助 ADHD 學生之專業團隊(team)之一員，就像一個生病的小

孩，家人雖然不是醫療專家，但是對孩子的疾病影響很大，也須加入治療的行列，同理而言，教師對孩子的影響力之大，雖然教師非此方面專家，但因對 ADHD 學生的成長有不可忽視的影響力，教師對 ADHD 學生的療育就無法袖手旁觀。

另外，也有教師堅信「嚴師出高徒」，認為孩子的行為應該要嚴罰，讓孩子從小接受教訓，才會學好，甚至共同研商各式各樣的處罰方式，例如特別座、特別待遇、完全隔離（無視 ADHD 學生之存在），即使方法無效，教師都還認為可能罰得不夠，一副道士馴妖的精神，積極發展更高的法術，殊不知這些處罰已讓 ADHD 學生遍體鱗傷，學生不只無力控制自己的行為，也無力改善自己。

也有教師無法接受孩子的 ADHD 是一種疾病，堅信是父母的管教不當，甚至一直要父母管好，甚至忽略了父母的壓力。國內有很多 ADHD 學生的家長表示，有 ADHD 孩子所受到最大的傷害之一，就是孩子的老師一直不相信孩子的問題是不可以控制的，不相信父母在家裡已經盡了全力了，甚至老師一直懷疑父母過度溺愛。很多教師甚至無法分辨何者是父母管教問題所致，何者是學生生理上的疾病而不可抗拒的；更可惜的是，當教師面對此疑惑時，教師不會諮詢校內的輔導教師或特教教師，或是校外相關資源，因此，教師經常陷在自己有限的經驗中，獨自解決問題。因此，雷福對班上有 ADHD 學生的教師在心態和作法上，提出下列建議：

1. 接受挑戰的態度

　　教師應保持教學的彈性，讓自己可以因應學生不同之問題去學習新的方法，接受新的挑戰確實需要精力、時間。然而，保持對解決學生問題的興趣，願意接受挑戰的態度，卻是提昇教師教學專業成長的最佳動力。

2. 接受有關 ADHD 之知識與訓練

　　除了願意接受挑戰外，找機會充實自己對 ADHD 應有的專業知識也是很重要的。透過類似之研習進修課程，或是諮詢校內外相關專家以獲得有關知識，以瞭解 ADHD 學生的問題是生理的，而不是個人故意的，並學習新的知能來幫助 ADHD 學生。

3. 建立親師合作關係

　　很多 ADHD 學生的父母由於穿梭在各種專家中，對 ADHD 之相關知識也不少，家長對自己的孩子問題的經驗也較教師為多，因此，教師可以多與父母溝通，藉以瞭解相關資源或有效措施，或是與父母共同討論一套適合於家庭和學校之管理和訓練的方式共同合作，在家裡和學校同步建立適合 ADHD 學生成長之環境。

4. 加入治療團隊

　　很多教師與醫師、心理師或特教教師接觸後，發現由團隊共同幫助 ADHD 學生，不但孩子受惠，教師也可以獲得成長。教師面對如此有挑戰的學生，不要吝於求助，應多與外援聯絡，並瞭解各專業人員對 ADHD 學生的幫助為何，透過他們的幫助，你會更能掌握如何讓 ADHD 學生在學校的學習經驗最好。過去教師習慣獨立作業，不習慣與其他人合作，甚至有教師可能會覺得，求助於人似乎有損專業自尊，或是會顯出自

己的缺點而怯步。當面臨類似像 ADHD 學生這麼複雜的問題時，教師不應再有獨立作業的心態，應該加入治療孩子的專業團隊中，與其他專業人員共同合作幫助孩子。

　　除了上述態度外，筆者建議國內教師應有客觀的態度面對問題，對於自己的方法或信念，應客觀的收集資料去驗證，不要太過於相信自己的經驗，尤其是資深教師，雖然經驗豐富，的確可以預測很多問題，但也有時難免因偏見而犯錯，如不能客觀評估自己的方法，一意孤行不只是可能犯大錯外，也可能犯錯而不自覺。國內校園內處理 ADHD 學生之師生問題時發現，往往學校公認不錯的老師卻是最難溝通的。

　　此外，雷福(Rief，1993)以十個「不要」來提醒教師：

1. 不要輕易假設 ADHD 孩子在班級的表現是偷懶

　　ADHD 學生功課表現不穩定或是在班級學習不專心等現象，跟他們的症狀有密切關係，與他們是否偷懶無關。然而，很多教師會假設孩子的行為起因於偷懶，甚至深信不疑的責備孩子或一味地要求孩子自行改進。

2. 不要輕易假設孩子的行為是故意的

　　教師容易因為孩子的表現不一致，就堅信 ADHD 學生是故意的，或是不願意盡力做好，而忽略了 ADHD 學生會由於其注意力或控制力的問題出現不穩定之成就表現。

3. 不要放棄學生

　　ADHD 學生只要適當的教導，可以和一般人一樣，長大後也有不錯的成就，因此，不要因學生的問題行為而拒絕學生，尤其是教師的拒絕，很容易打擊 ADHD 學生的信心。學生和其他同學一樣需要教師的讚美和

鼓勵，只是他們常不會表現出足以被讚美或鼓勵的行為，很多 ADHD 的學生由於反抗與干擾行為，而容易造成教師之排斥，教師應對此傾向有所警覺。

4. 不要放棄行為改變技術

行為改變技術（或行為管理）對 ADHD 學生或一般學生都有效，尤其是 ADHD 學生，因此，當你發覺效果不如你預期的時，最好請教專家或相關資料，檢討自己的作法，不要輕易放棄。很多教師在使用時常未把握其要點，就自己的一次失敗即宣稱行為管理無效，而忽略了自己使用技術之正確性或適當性。

5. 不要忘記尋求支援

面對 ADHD 學生之挑戰時，應該積極尋求支援，以學習新的知能協助學生，包括學校輔導教師、特教老師、家長，或校外的家長、專家，以及所需之其他專業人員的協助。

6. 不要忘記讓父母參與

教師與父母的合作可以事半功倍，教師可以邀請家長共同觀察記錄學生的行為，或是共同參與執行教導或訓練之任務。

7. 不要讓會澆冷水的同事在你身旁打擊你

當面對挑戰時，最怕的是還有別人在澆冷水。教師應注意到周遭同事所給你的訊息是什麼，是否澆你的冷水，如果是，則盡量避開與他們討論 ADHD 學生之相關事務，也不要去找他們幫忙。

8. 不要讓想影響你的教師用他過去的經驗影響你

有些以前任教 ADHD 學生之教師會希望你也證實他的想法，如 ADHD 學生是不可教的，而會嘗試給你一些負向的建議，表面上看起來好像

在教你如何解決問題，但事實上可能會讓你覺得自己積極學習的態度是一種錯誤，甚至教你步他的後塵。當你警覺到別人所給你的訊息可能與你的專業良知衝突，或是不利於你的專業成長時，你就應該盡量不要讓他們來影響你。

9. 不要忽略了那些安靜、容易被忽略的學生

　　不要因為有干擾型的學生而忽略班上安靜但也需要照顧的學生，尤其是 ADHD 的不專注型，他們常像隱形人似的讓你忽略了他們的特殊需求。

10. 不要害怕改變

　　如果要讓 ADHD 學生可以正常學習，教師在教室管理或教學上會需要不一樣的知能，因此，教師必須不要怕修改自己的態度或方法，而且也能透過嘗試修改，學習更多有效的教學方法。

　　　綜合雷福(Reif, 1993)之建議，ADHD 學生的教師在對自己專業成長上應有積極的態度與作法，並學習保護自己不要受周遭人士打擊士氣，且不怕修改自己的態度與方法，以及對周遭新事務的之態度應盡保持客觀，例如持續的觀察或評量，求證專家或相關知識，以及尋求家長的合作與支援等。

第二節　有效的教學

在有 ADHD 學生的班級中，教師之班級經營要注意五項要素：師生關係的建立、物理環境、作息時間與教學時間的安排與行為管理。

一、師生關係的建立

多數 ADHD 學生難逃老師的處罰，也很不容易討好老師，然而，很多班級管理均需建立在良好的師生關係，巴克雷(Barkley, 1992；陳長益，民 76)對於師生關係之建立提出下列建議：

1. 學習接納學生是 ADHD

瞭解 ADHD 的問題，接納學生的行為是「不能也，非不為也」(disabilities)，不要過度苛責學生，更不要處罰學生的缺陷，因為先天的缺陷是無法彌補的，若硬要學生去處理自己無法改變的事實，只會造成學生失去信心。

2. 不要把學生的問題視為教師個人問題

不要過度把學生的表現與自己的教學成效劃爲等號，也不要認爲學生的干擾是故意找你麻煩，或是你不夠好，這些過度個人化（personalized）的心理，只會增加師生之間的緊張，無法讓師生建立友善的關係。

3. 學習原諒(容忍)

教師對 ADHD 學生要學習容忍，原諒他不能避免的錯誤，耐心的觀察他的改變，最好同時只有兩三件的要求即可，過多的要求或期待，只會增加師生之間不必要的緊張。尤其如巴克雷(Barkley, 1992)的影片中提醒，教師不要掉到師生間的惡性循環中，因爲 ADHD 學生很容易犯錯，如果教師責備每一個錯誤，容易讓學生陷入不愉快生氣的情緒中，學生在不愉快的情緒中也容易衝動、反抗，因而更容易犯錯，則導致教師更容易生氣。

4. 預防勝於治療

對於 ADHD 學生的問題，最好在未發生問題前就能及時引導，以預防行爲之發生，並避免問題發生的後患，因此，教師應客觀觀察學生問題發生之前兆，儘量事先預防可以減少教師處罰學生的機會。如學生注意力只能維持十五分鐘，在近十五分鐘時，教師可以主動調整教學活動、或是變化學生的學習活動。因此，教師要保持警覺性，隨時作必要的安排或調整，則可以減少上述處罰的機會。

5. 教導代替指責

對於 ADHD 學生的犯錯行為，應以指導代替指責，因為懲罰對他們的效果不佳，不如直接教他如何應對，甚至利用反應代價的方式，並提供協助，讓他利用適當的行為去彌補他的錯誤。

6. 注意學生的長處

由於 ADHD 學生容易犯錯，常讓教師對該生的注意力只注意到他的問題，而忽略他的優點，改善師生關係的方式之一，就是轉換教師的注意力，多去注意讚美他的優點，藉由教師主動的注意，讓師生的焦點由負面的轉到正面的意義。國外有學者認為，ADHD 學生的獨創性之創造力很好，很多 ADHD 學生也有不同之優點，中華民國過動兒協會曾於民國 87 年舉辦傑出或特殊才能過動兒表揚，發現其中不乏有游泳選手、電腦專家、棒球校隊、班級模範生等。

二、環境的安排

1. 減少不必要的干擾

如果 ADHD 學生無法控制分心的干擾，可以根據學生的敏感管道，給予必要的限制，以不干擾學習的前提下減少學生的視、聽覺刺激的干擾，例如讓學生戴耳機（如圖 8-1 所示），或在學生書桌上架三面板（如圖 8-2 所示）。在座位上安排 ADHD 學生座位靠近教師，一則利於學生學習，再則方便教師隨時可以掌握學生情形或提供協助。如果學生干擾過大，可以安排學生靠近教師助理，讓教師助理在不干擾教學的情況下協助學生。

2. 給予必要的限制與提示

ADHD 學生由於注意力的缺陷而對訊息接收效果較差，對於提醒或教導常不易見效，因此，教師對於重要的常規，在合理的範圍內應給予必要且明顯的限制，例如明確告訴他不能離開位置，或是不能超過桌子的界線等。

3. 設計隔離座

對於班上同學所有不安靜或干擾之行爲，可以考慮設計一個隔離座，讓學生到那裡去冷靜一下，並接受應有之剝奪或懲罰，請參考第六章。

4. 設計明顯的代幣制度的記錄表

在教室前面適度的設計一塊作爲執行代幣制的記錄表，利用貼貼紙或畫記等，讓學生可以明顯的得知自己行爲的後果。

5. 設計安靜角或情緒區

ADHD 學生難免有情緒暴躁或激動的時候，教室設計一個安靜角落，可以讓學生進去安靜一下，抒解自己的情緒。

三、作息時間的安排

1. 規律化的時間表

ADHD 學生的作息最好能規律化，最好也能將各種作息活動的性質讓學生知道，如第六章所提之「顏色標記」，以顏色作爲提醒學生說話聲量不同的符號，什麼時候做什麼，什麼時候不能做什麼，最好很清楚或明顯的讓學生瞭解。如果學生有此困難，每天早上可以要求學生預習一下功課表，也算是一項提醒的活動。

2. 提供適度的活動時間和空間

　　由於 ADHD 學生好動之特質，最好每天能讓學生有發洩精力的時間，不要整天都從事靜態室內活動。此外，每天也應安排安靜時間讓 ADHD 學生放鬆自足，例如靜坐、音樂欣賞或是安靜時間等，也讓學生可以學習由安靜中放鬆自己的緊張。

3. 不同階段有不同之學習重點

　　如第七章所介紹，ADHD 學生的學習重點可以因應不同階段而有差異，因此學校在安排 ADHD 學生之學習作息時，可以二、三個月或是一個學期評估一次，讓學生可以獲得最適當的學習經驗。

圖 8-1、隔離聽覺刺激干擾的學習

圖 8-2、隔離視覺刺激干擾的學習

四、教學的安排

1. 善用各種學習管道學習

利用不同之活動教導相同之概念，讓學生以多感官學習方式，增加學習成效。

2. 有效的傳達訊息

了解學生的注意力限制，利用策略讓學生容易瞭解，並隨時確定其是否完全了解重點，如圖 8-3 所示。

3. 結構化的活動

教學活動程序清楚，目標與內容關係明確，活動進行中並給予必要的提示，例如步驟或重點說明。

4. 減少活動間的空閒時間

ADHD 學生常在兩個活動之間的空閒時間內出問題，因為他們在沒有外在提醒時，常不知道自己應該做什麼，所以在教室學習時，教師對於空閒時間，宜先做安排，提醒學生可以如何利用這個空閒時間，而不至於無所是事，而惹出麻煩。

5. 縮短單元長度因應學生之注意力長度

縮短活動時間或單元長度，讓學生可以在注意力良好的狀況下學習，如果學生年紀較大，又限於上課時間的固定要求，教師將一節課拆為二、三個教學小單元，讓學生不覺得在上一樣的東西。

6. 提供替代性的學習方式

如果學生真的無法專心持續一節課，教師可以提供替代性的作業，讓學生即使無法聽課，也可以做一些有意義且不干擾別人的學習活動，例如看書、畫圖、寫作業單等。

7. 允許作業或考試的調整

由於 ADHD 學生之特性，會導致學生在團體課堂（有干擾或沒有提醒）的狀況下寫作業或考試，會出現不當的表現，因此，老師可以因應學生的需求，以及對他有效之方式，給予調整，例如減少書寫的作業，以活動式作業取代或是允許利用自我控制的錄音帶進行考試等。

8. 提供不同之課程

學校特教班或輔導室應因應學生之介入階段提供不同訓練，例如專注力訓練、社會技巧訓練，或是學習策略訓練等，讓學生可以有機會學習對他很重要的方法來幫助他自己學習。教師甚至可以讓特教教師到教室內協助教師進行相關的訓練，上述訓練除了對 ADHD 學生有效外，對一般學生也有不錯之助益。

圖 8-3、提供訊息協助幫助學生瞭解

五、　行為管理

1. 執行行為管理之代幣制

利用行為理論(或稱行為改變技術)，有系統的規範學生之行為，如以代幣增強方式，讓行為獲得立即結果(處理)，而且給予行為的結果明顯，建立 ADHD 學生在教室內或與人相處應有的行為，並定期執行代幣的增強活動。

2. 利用忽視、申誡、隔離或反應代價等技術處理不適當的行為

對於不該被忽視的行為應給予處理，以避免錯誤增強 ADHD 學生不適當行為的養成，必要時，對嚴重的行為可以採限制上學的處罰，不過，這項處罰必須在有家長的配合與學生也喜歡上學的條件下，才能奏效，且最好在限制上學的期間要求學生接受治療，才能達到這項處罰的效果(Barkley, 1990)，美國 1997 年 新修訂的「身心障礙者教育法」(IDEA)即明文對學生不能上學的處罰提出明文的限制（洪儷瑜，民 87）。

3. 教導學生利用策略自我教導或提醒

例如專注力控制訓練，可以幫助學生注意應該注意的事，或是學習策略幫助自己監控自己的錯誤，例如要求學生回答問題時應先摘要別人的重點，如圖 8-3 的下圖。

4. 教導社會技巧

利用自我教導的方式協助 ADHD 學生習得適當的與人互動之行為，例如基本的禮貌、求助或要求許可的行為，或銜接別人話題的談話等。

社會技巧訓練可以參考第六章之作法，可以單獨課程方式實施，也可以利用每天的早自修、班會或其他時間定期進行，或是因應發生的問題做隨機式的教學，例如報上出現學生在校園被勒索的問題時，則討論與演練如何處理在校園被同學勒索的問題。

5. 教導組織的能力

教導 ADHD 學生學習如何整理書本、書包、安排作業或規畫筆記本的書寫位置等個人事物，或是安排自己的時間，培養學生對事情的優先順序感，必要時可以先提供協助，如給予提示卡，或是口頭步驟指示。

6. 協助 ADHD 學生與同學建立正向的人際關係

ADHD 的人際關係問題很多，除了訓練 ADHD 學生外，教師也需要幫助同學瞭解何謂 ADHD，讓同學對 ADHD 有正確的認識，進而接納他，並教導其他同學與 ADHD 學生相處之道，讓同學與 ADHD 學生能有正向互動的經驗。

參考文獻

一、 中文部分

十二萬過動學生將成為中輟學生記者招待會新聞稿（民 86），*中華民國過動兒協會會訊*，*18*，1-2。

中國行為科學社（民 86）：*魏氏兒童智力量表第三版（中文版）指導手冊*。中國行為科學社。

王天苗（民 86）:啟智教育的省思—朝人性化、本土化的發展。*特教季刊*，*50*，5-14。

王意中編（民 87）：*認識注意力不足過動症家長手冊*。中華民國過動兒協會。

吳裕益、邱上真、陳小娟、曾進興、陳振宇、謝淑蘭、成戎珠、黃朝慶、洪碧霞、櫻井正二郎（民 85）：兒童認知功能綜合測驗之編製。*特殊教育研究學刊*，*15*，63-81。

宋淑慧(民 81)：*多向度注意力測驗編製之研究*。國立彰化師範大學特殊教育研究所碩士論文（未出版）。

宋維村(民 71):：注意力不足過動症候群：綜論。*中華民國神經醫學會刊*，*8* (1), 12-21。

宋維村(民 73)：注意力不足過動症候群：臨床特徵。*中華民國神經精神醫學會刊*，*10*(2) 104-113。

宋維村、侯育銘(民 85)：*過動兒的認識與治療*。台北市：正中書局。

沈晟、宋維村、徐澄清、鄭琿(民 73)：注意力不足過動症候群: 中文版
　　「父母用兒童活動量表」之效度研究。*中華民國神經精神醫學會
　　會刊*，*10*(2)，49-54。

沈楚文編（民 83）：新精神醫學。台北市，永大書局。

身心障礙及資賦優異學生鑑定原則、鑑定基準（民 87）：教育部。台
　　（八七）特教字第八七一一五六六九號函。

周台傑、邱上真、宋淑慧(民 82 年)：*多向度注意力測驗指導手冊*。台
　　北市：心理出版社。

林明珠（民 68）：*兒童活動量之初步研究*。國立台灣大學醫學院公共
　　衛生研究所碩士論文（未出版）。

施顯炫、洪儷瑜等（民 85）：*行為問題及過動兒童輔導個案實例彙編*。
　　台北市立師範學院特殊教育中心。

柯永河(民 76): *臨床神經心理學概論*。台北市：大洋。

洪榮照（民 82）：認知行為學派的教學理論。載於李咏吟編，*學習輔
　　導*，147-203 頁。台北市：心理出版社。

洪儷瑜（民 79）：談跨類別特殊教育。*特殊教育季刊*，*34*，16-21。

洪儷瑜(民 81a)：柯能氏教師用行為評量表之因素分析。*測驗年刊*，*39*，
　　175-185。

洪儷瑜(民 81b)：「非嫌惡行為處置」對智障者問題行為之運用。*特殊
　　教育季刊, 45*, 9-14。

洪儷瑜（民 81c)：行為異常兒童的評量與鑑定。載於周台傑編，*特殊
　　兒童診斷手冊*。國立彰化師範大學特教中心。57-69 頁。

洪儷瑜(民 82)：注意力缺陷及過動學生人際關係及其相關問題研究。*特殊教育研究學刊*，*9*，91-106。

洪儷瑜（民 83a）：*注意力缺陷及過動症的認識與教育*。台北市立師範學院特殊教育中心。

洪儷瑜（民 83b）：我國國中資源教室方案實施之我見，載於陳長益編，*我國特殊教育問題的探討*，中華民國特殊教育學會年刊，279-289頁。中華民國特殊教育學會。

洪儷瑜（民 84）：*學習障礙者教育*。台北市：心理出版社。

洪儷瑜（民 86）：*青少年社會行為之多元評量*。台北市：師大書苑。

洪儷瑜（民 87）：「第二屆行為異常兒童及青少年國際研討會」出席會議心得報告。*科學發展月刊*，*26(7)*，917-921。

洪儷瑜、黃裕惠（民 86）：過動兒親子教育：專注力自我控制訓練。*中華民國過動兒協會會訊*，*14*，3-5。

特殊教育法（民 86）：總統府。

張正芬（民 86）：自閉症兒童的行為輔導。*特殊教育季刊*，*65*，1-7。

張蓓莉（民 80）：*國民中學資源班實施手冊*。國立臺灣師範大學特殊教育中心。

張蓓莉、蘇芳柳、蔡采薇（民 86）：「*身心障礙及資賦優異學生鑑定原則、鑑定基準*」修訂草案總報告。國立臺灣師範大學特殊教育系。

郭秀玲（民 70）：*台灣北區三到十一歲兒童活動量的初步研究*。國立台灣大學醫學院公共衛生研究所碩士論文（未出版）。

郭為藩(民 76)：*自我態度問卷指導手冊*。台北市：中國行為科學社。

陳長益譯（民 79）:過動兒的教學環境設計。*特殊教育季刊，24，*27-34。

陳政見（民 85）:*自我控制訓練與書法教學對國小高年級高活動量學生處理效果之研究。*國立彰化師範大學特殊教育系博士論文（未出版）。

陳榮華（民 75）:*行為改變技術。*台北市：五南出版社。

黃裕惠（民 86）:家長訓練對 ADHD 孩子的家長的效果。*特殊教育季刊，64，*21-27。

黃裕惠（民 87）:*功能評量對國中生嚴重不當行為之介入方案之研究。*國立臺灣師範大學特殊教育系碩士論文（未出版）。

語言障礙、身體病弱、性格異常、行為異常、學習障礙暨多重障礙學生鑑定標準及就學輔導原則要點（民國 81 年 2 月 21 日）。教育部。

蔡崇建（民 80）:*智力的評量與分析。*台北市：心理出版社。

鄭惠霙（民 86）:*國小六年級注意力缺陷及過動症學童社會技能及其教學訓練效果之研究。*國立臺灣師範大學特殊教育系碩士論文（未出版）。

鄭琿、詹淑如（1992）:過動兒父母訓練方案。*中華精神醫學會刊，6，*289-297。

薛梅（民 86）:不可能的任務—專注力自我控制訓練心情記事。*中華民國過動兒協會會訊，14 期，*7-8 頁.

薛梅譯（民 85）:注意力不足過動症與藥物治療。*中華民國過動兒協會會訊，6 期，*3-4 頁.

二、英文部分

Achenbach, T. M., & Edelbrock, C. (1983). *Manual for the Child Behavior Checklist and Revised Child Behavior Profile*. Burlington: University of Vermont, Department of Psychiatry.

Achenbach, T. M., & Edelbrock, C. (1987). *Manual for the Child Behavior Checklist-Youth Self-Report*. Burlington: University of Vermont, Department of Psychiatry.

American Psychiatric Association. (1968). *Diagnostic and statistical manual of mental disorders* (2nd ed.). Washington, D. C.: Author.

American Psychiatric Association. (1980). *Diagnostic and statistical manual of mental disorders* (3rd ed.). Washington, D. C.: Author.

American Psychiatric Association. (1987). *Diagnostic and statistical manual of mental disorders* (3rd ed., rev.). Washington, D. C.: Author.

American Psychiatric Association. (1994). *Diagnotisc and statistical manual of mental disorders* (4th ed.). Washington, D. C.: Author.

Armstrong, T. (1995). *The myth of the A.D.D. child: 50 ways to improve your child's behavior and attention span without drugs, label, or coercion*. New York: Peguim Books.

Ashman, A., Schroeder, S. R. (1986) Hyperactivity, methylphenidate, and complex human cognition. *Advances in Learning and Behavioral Disabilities, 5*, 295-316.

Barkley, R. A. (1989). The ecological validity of laboratory and analogue assessments of ADHD symptoms. In J. Sargeant & A. Kalverboer (Eds.), *Proceedings of the Second International Symposium on ADHD*. Oxford: Pergamon press.

Barkley, R. A. (1990). *Attention deficit hyperactivity disorder*. New York: Guildford.

Barkley, R. A. (1997). *ADHD and the nature of self-control*. New York: Guildford.

Barkley, R. A. (Videotape) (1992). *ADHD: what do we know*. New York: Guildford.

Barkley, R. A. (Videotape) (1992b). *ADHD in classroom*. New York: Guildford.

Boudreault, M., Thivierge, J., Cote, R., Boutin, P., Julien, Y., & Bergeron, S. (1988). Cognitive development and reading achievement in pervasive-ADD, situational-ADD, and control children. *Journal of Child Psychology and Psychiatry, 29*, 611-619.

Bower, T. G., Risser, M. G., Suchanec, J. E., Tinker, D. E., Ramer, J. C., & Domoto, M. (1992). A Developmental index using the Wechsler Intelligence Scale for Children implication for diagnosis and the nature of ADHD. *Journal or Learning Disabilities, 25,* 179-185, 195.

Carlson, C. (1986). Attention Deficit Disorder without Hyperactivity: A review of preliminary experimental evidence. In B. Lahey & A. Kazdin (Eds.), *Advances in clinical child psychology* (Vol.9,pp.153-176). New York:Plenum.

Chess, S. (1960). Diagnosis and treatment of hyperactive child. *New York State Journal of Medicine, 60,* 2379-2385

Clark, L., 魏美惠譯（民 84）：*暫時隔離法*。台北市：心理出版社。

Conners, C. K., & Wells, K. C. (1986). *Hyperkinetic children-- A neuropsychosocial approach,* Beverly Hills: CA: SAGE.

Conte, R. (1992). Attention Disorders. In B. Wong (ed.) *Learning about learning disabilities.* (pp. 59-101). San Diego, Ca: Academic Press,

Copeland, L., Wolraich, M., Lindgren, S., Milich, R., & Woolson R. (1987). Pediatricians' reported practices in the assessment and treatment of attention deficit disorders. *Journal of Developmental and Behavioral Pediatrics, 8,* 191-197.

Council of Exceptional Children (1992). *Children with ADD--A shared responsibility,* Reston, VA: Author.

Douglas, V. (1972). Stop, look, and listen: The problem of sustained attention and impulse control in hyperactive and normal children.

Canadian Journal of Behavioral Science, 4, 259-282。

Durand, V. M. (1988).　Motivation assessment scales.　In M. Hersen & A. S. Bellack (Eds.)　*Dictionary of behavioral assessment Techniques.* New York: Pergamon Press.

Edlbrock, C., Costello, A., & Kessler, M. (1984).　Empirical corroboration of attention Deficit Disorder.　*Journal of American Academy of Child Psychiatry, 23,* 285-290.

Frick, P., & Lahey, B. B. (1990).　The nature and characteristics of Attention-deficit hyperactivity disorder.　*School Psychology Review, 20,* 163-173.

Gittelman, R., Mannuzza, S., Shenker, R., & Bonagura, N. (1985). Hyperactive boys almost grown up.　*Archives of General Psychiatry, 42,* 937-947.

Goldstein, A. P. (1988).　*Prepare curriculum: Teaching prosocial competencies.*　Champaign, IL: Research Press.

Goldstein, S., & Goldstein, M. (1990).　*Managing attention deficit disorder in children.*　New York: John Wiley & Sons.

Gordon, M. (1983).　*The Gordon Diagnostic System.* Boulder, CO:Clinical Diagnostic Systems.

Gordon, M., & McClure,F. D. (1983, August).　*The objective assessment of Attention Deficit Disorders.* Paper presented at the 91st annual convention of the American Psychiatric Association, Anaheim,CA.

Gresham, F. M. (1988). Social skills—conceptual and aspects of assessment, training, and social validation. In W. J. C. Elliott & F. M. Gresham (Eds.) *Handbook of behavior therapy in education.* (pp. 523-546). New York: Plenum Press.

Hartsough, C. S., & Lambert, N. M. (1985). Medical factors in hyperactive and normal children: Prenatal, developmental, and health history findings. *American Journal of Orthopsychiatry, 55*, 190-210.

Healy, J. M. (1990). *Endangered minds*, New York: Simon & Schuster.

Hocutt, A., McKinney, J. D. & Montague, M. (1993). Issues in the education of students with attention deficit disorder: Introduction to special issue. *Exceptional Children, 60*, 103-106.

Hung, L. (1990). *Evaluation of effectiveness of stimulant medication combined with cognitive training of hyperkinetic children,* Unpublished manuscript.

Hung, L. (1991). *Dimensions of ADHD classified by behavioral ratings.* Unpublished Doctoral Dissertation, University of Virginia.

Hung, L. (1997). *The profile of social behaviors and behavioral problems of sixth graders with ADHD and aggression: A school-base behavioral approach.* Paper presented in the International Conference on Children and Youth with Behavioral Disorders, Dallas, Texas, U.S.A., Oct 2-4, 1997.

Hynd, G. W., Hern, K., Voeller, K., Marshall, R. (1991). Neurobiological basis of attention deficit hyperactivity disorder (ADHD). *School Psychology Review, 20*(2), 174-186.

Hynd, G. W., Semrud-Clikeman, M., Lorys, A., Novey, E. S., Eliopilos, D., & Lyytinen, H. (1992). Corpus callosum morphology in attention deficit- hyperactivity disorder: Morphometric Analysis of MRI. In S. Shaywitz & B. Shaywitz (eds.) *Attention deficit disorder comes of age.* Austin, TX: Pro-ed.

Iwata, B. A., Vollmer, T. R., & Zarcone, J. R. (1990). The experimental analysis of behavior disorders: Methodology, applications, and limitations. In A. C. Repp, N. N. Singh (eds), *Perspective on the use of nonaversive and aversive interventions for persons with developmental disabilities.* Sycamore, Il: Sycamore Co.

Kauffman, J. M. (1993). *Characteristics of emotional and behavioral disorders of children and youth.* New York,NY: Macmillan.

Lahey, B. B., Piacentini, J. C., McBurnett, K., Stone, P., Hartdagen, S., & Hynd, G.(1988). Psychopathology in the parents of children with conduct disorder and hyperactivity. *Journal of the American Academy of Child and Adolescent Psychiatry, 27*, 163-170.

Lerer, R. J.(1977). Do hyperactive children tend to have abnormal palmer creases? Report of a suggestive association. *Clinical Pediatrics,16*, 645-647.

Lerner, J.(1993). *Learning Disabilities: Theories, diagnosis, and teaching strategies*, 6th ed. Boston, MA: Houghton Mifflin.

Lloyd, J. & Landrum, T. (1990). Self-recording of attending to task treatment components and generalization of effects. In T. Scruggs & B. Wong (eds.) *Intervention Research in Learning Disabilties*, (pp. 235-262). Ann Arbor, MI: Edward Brother.

McBurnett, K., Lahey, B., & Pfiffner, L. (1993). Diagnosis of Attention Deficit Disorders in DSM-IV: Scientific basis and implication for education. *Exceptional Children, 60*,113-114.

McLoughlin, J. A., & Lewis, R. B. (1986). *Assessing special students*, 2nd ed. Colubus: OH: Merrill.

Meichenbaum, D., & Goodman, J. (1971). Training impulsive children to talk to themselves: A means of developing self-control. *Journal of Abnormal Psychology, 77*, 115-126.

Meyer, L. H. & Evans, I. M. (1989). *Nonaversive intervention for behavior problems: A manual for home and community.* Baltimore, MD: Paul H. Brookes.

Millich, R., & Landau, S. (1982). Socialzation and peer relations in hyperactive children. In Gadow, K. D. & Bialer, I (eds.) *Advances in Learning and Behavioral Disabilities, 1*, 283-339.

Mitchell, E. A., Aman, M. G., Turbott, S. H., & Manku, M. (1987). Clinical characteristics and serum essential fatty acid levels in hyperactive children. *Clinical Pediatrics, 26,* 406-411.

Murray, J. B. (1987). Psychophysiological effects of methylphenidate (Ritalin). *Psychological Reports, 61,* 315-336.

O'Neill, R. E., Horner, R. H., Albin, R. W., Storey, K., & Sprague, J. R. (1989). *Functional Analysis: A practical assessment guide.* University of Oregon, Eugene, Oregon.

Parker, J. G., & Asher, S. R. (1987). Peer relations and later personal adjustment: Are low-accepted children at risk? *Psychological Bulletin, 102,* 357-389.

Paul, J. L., & Epanchin, B. (1991). *Educating Emotionally Disturbed Children and Youth.* 2nd ed.. New York: Macmillan.

Popper, C. W. (1991). ADD look-alike. *CHADDER, 5*(3), 16.

Reid, R., Magg, J., Vasa, S. F. (1993). Attention deficit hyperactivity disorder as a disability category: A critique. *Exceptional Children, 60,* 198-214.

Riccio, C., Hynd, G., Cohen, M., & Gonzalez, J. (1993). Neurological basis of attention deficit hyperactivity disorder. *Exceptional Children, 60.* 118-124.

Rief, S. F. (1993). *How to reach and teach ADD/ADHD children.* West Nyack, NY: The Center for Applied Research in Education.

Ross, D. M., & Ross, S. A. (1982). *Hyperactivity: Current issues, research, and theory*. New York: Wiley.

Sandberg,, S. T., Rutter, M., & Taylor, E. (1978). Hyperkinetic disorder in psychiatric clinic attenders. *Developmental Medicine and Child Neurology, 20,*279-299.

Sattler, J. M. (1992). *Assessment of Children.* Revised and updated third edition. San Diego, CA: J. M. Sattler Publisher.

Schachar, R. J., Rutter, M., & Smith, A. (1981). The characteristics of situationally and pervasively hyperactive children: Implications for syndrome definition. *Journal of Child Psychology and Psychiatry, 22,*375-392.

Schloss, R. J. & Smith, N. A. (1994). *Applied behavior analysis in the classroom.* Needham Height, MA: Allyn and Bacon.

Shaywitz, S. E., Shaywitz, B. A., Jatlow, P. R., Sebrecht, M., Anderson, G. M., & Cohen, D. (1986). Biological differentiation of Attention Deficit Disorder with and without Hyperactivity: A preliminary report. *Annals of Neurology, 21,* 363.

Skinner, B. F. (1969). *Contingencies of reinforcement: A theoretical analysis.* New York: Appleton-Century-Crofts.

Sostek, A. J., Buchsbaum, M. S., & Rapoport, J. L. (1980). Effects of amphetamine on vigilance performance in normal and hyperactive children. *Journal of Abnormal Child Psychology, 8,* 491-500.

Stewart, M. A., Pitts, F. N., Craig, A. G., & Dieruf,W. (1966). The hyperactive child Syndrome. *American Journal of Orthopsychiatry, 36,* 861-867.

Sulzer-Azaroff, B., & Meyer, G. R. (1977). *Applying behavior-analysis procedures with children and youth.* New York: Holt, Rinehart, & Winston.

Szatmari, P., Offord, D. R., & Boyle, M. H. (1989). Ontario child health study: Prevalence of attention deficit disorder with hyperactivity. *Journal of Child Psychology and Psychiatry, 30,* 219-230.

Teeter, .P. A. (1991). Attention Deficit Hyperactivity disorder: A psychoeducational paradigm. *School Psychology Review, 20*(2), 266-280.

Touchette, P. E., MacDonald, R. F., & Langer, S. N. (1985). A scatter plot for identifying stimulus control of problem behavior. *Journal of Applied Behavior Analysis, 18,* 33-35.

Wang, T. (1992). *A study of locus of control, self-concept, academic achievement, and family background as related to the identification of nondisabled and emotionally disturbed students in Taipei elementary schools.* Unpublished doctoral dissertation, University of Northern Colorado, Colorado.

Weiss, G., & Hechtman, L. (1986). *Hyperactive children grown up.* New York: Guilford Press.

World Health Organization(1990). *International Classifi-cation of Disease,* 10th ed., Geneva: Author.

Zentall, S. S. & Zentall, T. R. (1983). Optional stimulation: a model of disordered activity and perforamce in normal and deviant children. *Psychology Bulletin, 94*(3), 446-471.

Zentall, S. S.(1993). Research on the Educational implications of Attention Deficit Hyperactivity Disorder. *Exceptional Children, 60,* 143-153.

附錄一

功能性分析綜合訪問表

個案姓名：_____　年齡：_____　性別：□男　　□女

就讀學校：_____　年級：_____　導師：_____

訪問者：_____　日期：____年____月____日

A.　敘述行為

1. 是什麼行為？每一種行為請列出行為的狀態（什麼樣的行為），頻率（每天，每週，或每月的發生次數），維時（發生時持續久），強度（行為的強烈情形—高、中、低，會不會構成傷害？）

行為　形態	頻率	維時	強度

2. 上述行為中有那些是一起發生的?(即會同時發生, 以可預測的前後順序發生, 在同一情形下發生)

B. 列出環境中有可能影響到行為的事件

1. 此人有服用何種藥物, 你認為這些藥物會如何影響他的行為?

2. 此人有哪些症狀, 有可能會影響他的行為（例如氣喘、過敏、紅疹、鼻竇炎、癲癇）?

3. 敘述此人的睡眠情形, 和睡眠情形對他行為的影響?

4. 敘述此人的飲食習慣和膳食, 和這些對他行為的影響?

5. 簡述此人每日例行活動

06:00	15:00
07:00	16:00
08:00	17:00
09:00	18:00
10:00	19:00
11:00	20:00
12:00	21:00
13:00	22:00
14:00	23:00

6. 敘述你認為此人每天活動有哪些是固定的,此人對這些活動會發生,甚麼時候發生,和活動的結果了解多少?(如何時起床、吃飯、淋浴、去學校或工作等)

7. 此人大約多常決定自己的活動增強物等事件?此人可以作哪些方面的決定(如食物、衣著、社交同伴、休閒活動)?

8. 敘述此人一天的各種不同活動(運動、社區活動等)

9. 有多少人和此人在同一環境（工作、學校、家庭）？你認不認為人的密度或與他人的互動,對我們關心的行為有影響？

10. 工作人員的情形如何？你認不認為工作人員的人數、訓練、此人與工作人員社會接觸的品質, 對我們關心的行為有影響？

11. 此人每天的工作與活動,對他來說是不是很無聊、無趣？這些活動會不會產生他喜歡的結果？

12. 工作人員定期追蹤的目標是甚麼（行為發生的頻率、學習的技能、活動型態）？

C.敘述能預測行為的事件和情境

1.時間．什麼時候行為最有可能發生？最無可能發生？

最有可能

_____

_____

_____

最無可能

_____

_____

_____

2.情境：在什麼地方該行為最有可能發生？最無可能發生？

最有可能

_____

_____

_____

最無可能

_____

_____

3. 社會控制：與什麼人在一起時最有可能發生？最無可能發生？

最有可能

_____

_____

最無可能

_____

_____

_____

4. 什麼活動最有可能導致該行為？最無可能？

最有可能

_____

_____

最無可能

_____

_____

5. 有沒有什麼特別的情形、事件,是上面沒有列出,但會引發此行為的?(特定的要求、被打斷、活動轉換時、延誤,或被忽略等)

6. 有什麼您所做的事,是很有可能使此行為發生的?

D.確定不當行為的”功能”(什麼樣的結果使行為一直發
生？)

1.想想 A 中所列之行為，訂出您認為哪些行為對此人的
意義 (即他的行為讓他得到什麼和／逃過什麼？)

	行　　為	得 到 什 麼	逃 過 什 麼
1.			
2.			
3.			
4.			
5.			
6.			
7.			
8.			
9.			
10.			

2. 敘述此人在下列情形下最典型的反應

a. 如果您給此人一個困難的工作,此人以上的行為最有或最無可能發生,或不受影響?

b. 如果您打斷此人喜歡的活動(如吃冰淇淋、看電視),此人以上的行為最有可能或最無可能發生,或不受影響?

c. 如果您嚴格地要求此人或給他指示,或是責罵他,他的行為最有可能或最無可能發生,或不受影響?

d. 如果您在場,但不與此人互動 15 分鐘(不理他),他的行為是?

e. 作息更改,他以上的行為最有可能或最無可能發生,或不受影響?

f. 如果此人想要什麼但拿不到(如看到想要的東西,但搆不著),以上的行為最有可能或最無可能發生,或不受影響?

g. 如果他是一個人(沒有他人在場),以上的行為最有可能或最無可能發生,或不受影響?

E. 列出不當行為的效能

1. 此行為所具有身體上的力量如何？（是長時間很劇烈的大發脾氣，或口頭怒罵）

2. 是否每次此行為發生，此人都得到益處（如得到他人注意，不必工作等）？幾乎每次如此？偶而？

3. 在行為發生與得到利益之間的時間有多少？即時或幾秒鐘？更長一點？

F. 敘述此人溝通的主要方式

1. 此人用來表達的方式是些什麼?(如口語、手語和手勢、溝通板、電子設備等)溝通方法的一致性如何?

2. 列出此人要達到下列各功能時的行為?溝通反應

3. 在接受性溝通上:

a. 此人接不接受口頭指示?是的話,大概多少?(如果很少,列在下面)

_____

b. 此人是否能模仿各種工作或活動?(如果很少,列在下面)

_____

c. 此人對手語或手勢的指示有無反應?如果有,大約多少?(如果很少,列在下面)

_____

_____

d. 此人如何表示好或不好?(如果有人問他要不要做什麼,去什麼地方時)

_____

_____

G.此人具備和目標行為有相同功能的其他行為？

1.此人具有哪些能和不當行為產生相同功能的適當行為？

2.您做哪些事,能使教學順利進行？

3.您做哪些事,會妨礙或打斷教學？

附錄二

過 動 行 為 功 能 性 評 量 表
洪儷瑜　修訂

> 　下列敘述乃是對學生的過動或不專注行為出現情形的描述，請依照您對受評者的了解，在下列每個問題行為的五個選項中："總是如此"、"經常如此"、"半數如此"、"很少如此" 和 "從不如此"等選出一個適合這個學生在這種情形出現過動或不專注行為的頻率，並在該選項下的數字圈起來。

	從不 如此	很少 如此	半數 如此	經常 如此	總是 如此
1.當他一人獨處時他更易動個不停或無所是事......	1	2	3	4	5
2.當有人要求他做事，他會變得更不專注..........	1	2	3	4	5
3.當你轉移注意和別人說話時，他開始安靜不下來或變得很好動........	1	2	3	4	5
4.當他得不到他想要的事物時，他會開始安靜不下來或變得好動............	1	2	3	4	5
5.他會在某些工作或活動上顯得特別不專心或不安靜而常一再的出現類似的動作或行為..............	1	2	3	4	5
6.當他遇到困難（或較需花時間）的工作時，他會顯得更坐不注或安靜不下來	1	2	3	4	5
7.當您不注意他時，他會更易顯得無法安靜下來或更好動..........	1	2	3	4	5

8. 當他心愛的事物被移走時，
   或被禁止繼續他喜歡的活動
   時，他會顯得無法安靜在應
   該專注的活動上............ 1　　2　　3　　4　　5

9. 即時周圍沒人在，他也不能
   一個人安靜專心，也常動個不停. 1　　2　　3　　4　　5

10. 當您要求他從事某件事時，他
    會顯得不能安靜或變得更好動
    來讓您注意他或更生氣........ 1　　2　　3　　4　　5

11. 當您停止注意他時，他更易顯
    得不能安靜或變得更好動惹你
    生氣....................... 1　　2　　3　　4　　5

12. 當您給他他所要的事物時(即
    滿足他的要求)，他會顯得較
    安靜或專心.................. 1　　2　　3　　4　　5

13. 他很難專注或不能持續在一件
    事情上，也常不顧他人的存在 1　　2　　3　　4　　5

14. 當您停止要求他時，他會很快
    地安靜下來.................. 1　　2　　3　　4　　5

15. 他似乎會以不專注或活動行為
    來引起您注意他，並花一點時
    間與他在一起................ 1　　2　　3　　4　　5

16. 當他從事他有興趣的活動時，
    他能專注和安靜............. 1　　2　　3　　4　　5

基本資料：

他的姓名：_____　與您的關係：_____　他的年級：_____

他的性別：□男 □女　年齡：_____

教育安置：□普通教育 □特殊教育(　　　類)

他過動的行為問題持續多久：

　　□ 一個月內　　□ 三個月內　　□ 半年以內　　□ 半年以上


```
sel   T=            M=            /att   T=            M=

avd   T=            M=            /tan   T=            M=
```

「過動行為功能性評量表」計分說明

洪儷瑜
國立臺灣師範大學特殊教育學系

一、Sensory Input　　感官刺激(自娛)

題數--1、5、9、13

二、Avoidance　　　逃避

題數--2、6、10、14

三、Getting Attention　　　要求注意力

題數--3、7、11、15

四、Getting Tangibility　　　要求明確的東西

題數--4、8、12、16

計分: 由左自右以一至五分計，分數越多表示頻率越高。
每分量表 T(總分)=題數得分和　　　M(平均數)=得分和/4

〔結果與參考策略〕

1. 感官刺激(自娛) -- 原因：無聊、提供感官上的快樂或刺激
　　　策略：不要讓其獨自一人、
　　　　　　減少活動（行為）所得的快樂或刺激的效果
　　　　　　教導替代性的適當的活動或行為

2. 逃避 -- 原因：太難、或太容易，有壓力
　　　策略：考慮減少或增加活動（教材）難度或速度
　　　　　　教導有效的解決方法

3. 要求注意力 -- 原因：社會需求未滿足、給予不適當的注意力
　　　策略：　停止給予不適當的注意力
　　　　　　　給予適當的注意力

4. 要求明確的東西 -- 原因：缺乏有效的溝通方法、需求未被重視、
　　　　　　　　　　　　　不適當的學習經驗
　　　策略：　教導適當溝通方法、重新建立正確的學習經驗
　　　　　　　注意是否忽略其基本需求
　　　　　　　提昇其生活需求

附錄三

行為前後事件記錄表

行為者姓名：＿＿＿＿＿＿＿＿　　日期：自　月　　日　至　　月　　日

記錄行為定義：＿＿＿＿＿＿＿＿　　　記錄人：＿＿＿＿＿＿

日期	時間	做什麼活動/和誰一起	行為發生前的事件	出現的行為	行為後的結果（事件）	行為者的反應

備註：

附錄四

學 生 問 題 行 為 評 量 表

洪儷瑜／國立臺灣師範大學

> 　　下列敘述乃是針對學生的問題行為之描述，請依照您對受評者（學生）之了解，在下列每個問題行為後的四個選項中："總是如此"、"經常如此"、"很少如此"和"從不如此"等，選出一個最適合描述這個學生行為的出現頻率，並在該選項下的□打∨。

學校:_____ 班級:___年___班　座號:_____　姓名:_____

性別:□男　□女　出生年月日:___年___月___日　年齡:_____

現就讀班級:□普通班　　　　□資源班　　　　特殊班(校)
　　　　　　　　　　　　　（_____類）　　　　（_____類）

主要問題行為:_____

他行為問題持續多久:

　　□一個月內　□三個月內　□半年以內　□半年以上

評量者姓名:_____　與受評者關係:____　評量日期:___年___月___日

	總是如此	經常如此	很少如此	從不如此
	□	□	□	□
	:	:	:	:
1.當被要求坐好時，他(她)無法坐好。	□	□	□	□
2.從事對生命安全有威脅的活動，但並不是因為尋找刺激，例如如衝過馬路前未看左右兩方來車。	□	□	□	□
3.在一件事未做完前就換做另一件事。	□	□	□	□
4.難以照著別人的指示做事，例如不能完成指定的家務工作。但這並不是因為他故意反抗或聽不懂指示。	□	□	□	□

5. 無法安靜的玩。..............................□ □ □ □

6. 在遊戲或團體活動中，難以耐心等待輪
   到自己的機會。..............................□ □ □ □

7. 話很多。...................................□ □ □ □

8. 無論在學校或是在家裡，丟掉或找不到
   個人所需的東西，例如如玩具、鉛筆、
   書或作業等。...............................□ □ □ □

9. 在未聽完問題或未看完問題前就說出答案。.....□ □ □ □

10 難以在一件事情或一項活動上專注太久。........□ □ □ □

11 侵犯或打擾別人，例如隨意插入別的小孩的活動。.□ □ □ □

12 很容易為外在的事物所分心。.................□ □ □ □

13 手腳動個不停或在椅子上坐不住。.............□ □ □ □

14 好像並不注意聽別人對他(她)所說的話。........□ □ □ □

「學生問題行為評量表」計分說明

洪儷瑜／國立臺灣師範大學

計分一(採用 DSM-III-R 的標準)

1. 八項或八項以上填在"經常如此"或"總是如此"。
2. 持續六個月以上
3. 問題最早出現在七歲以前

計分二

不注意 -- 3, 8, 10, 12, 14, 共五題。
衝動 -- 2, 4, 6, 9, 11, 共五題。
過動 -- 1, 5, 7, 13, 共四題。
總分--共十四題。
"總是如此"--計 3 分、"經常如此"--計 2 分、
"很少如此"--計 1 分、"從不如此"--計 0 分。
　　各項得分為和除以題數。　得分後參考常模，在平均數正 2 個標準差以上者。

台北縣和高雄縣國中學生在「學生問題行為評量表」之平均數和標準差(民 81)

量表 \性別	人數	不注意 平均數	標準差	衝動 平均數	標準差	過動 平均數	標準差	總分 平均數	標準差
男	67	1.35	.70	1.07	.65	1.30	.81	1.22	.70
女	63	.86	.55	.63	.50	.53	.57	.67	.50
α 係數		.92		.90		.93		.97	

附錄五

過 動 問 題 行 為 評 量 表

洪儷瑜
國立臺灣師範大學特殊教育系

　　本評量表主要在評量有關過動問題行為，下列問題的描述，請依照您對受評者的了解 下列每個問題行為後的四個選項中："總是如此"、"經常如如此"、"很少如此"和"從不如此"等，選出一個適合受評者的行為表現的頻率，如果受評者出現該問題的頻率非常高，幾乎每天都出現，則請在"總是如此"欄的□打∨；如果受評者常表現該問題，但也偶爾不會如此，則請在"經常如此"欄下的□打∨；如果受評者不常出現該項問題，則請選擇"很少如此"並在該項下的□打∨；如果受評者從未出現該問題，或幾乎沒有，則請選擇"從不如此"。

　　如果對受評者的部分問題情境，您因未觀察到而無法判斷，您可以先待觀察一段時間再填，或根據您對他的了解或他人的描述作判斷，如果真的無法判斷則請在題號前打"？"，請盡量不要打"？"以免影響此量表之解釋。

〔基本資料〕

姓名:＿＿＿＿＿＿＿　學校名稱:＿＿＿＿＿國民中(小)學

班級:＿＿年＿＿班　　座號:＿＿＿＿　性別:□男　□女

出生年月日:＿＿年＿＿月＿＿日　　　年齡:＿＿＿＿

他過動或不專注的問題持續多久了？

□不到一個月　　□一個月到半年　　□半年到一年　　□一年以上

大約在什麼時候，開始有人發現他有過動或不專注的問題？

□上幼稚園前　　□幼稚園時　□國小一年級　　□國小二年級

□國小三年級　　□國小三年級以上；　□其他（約幾歲?＿＿＿＿＿＿）

他能夠持續注意或安靜做事的情境有那些?_____

約可以持續多久? _____分鐘。

目前主要的問題行為有那些?

☐干擾教師教學　　　　☐人際關係不佳

☐無法學習　　　　　　☐學業表現差

☐違規行為　　　　　　☐高焦慮、緊張

☐攻擊、破壞　　　　　☐其他(_____)

　　評量者姓名:_____　　與受評者的關係：_____

『評量項目』

	總是如此	經常如此	很少如此	從不如此

1.很難注意細節、或在學校功課、活動上會因粗心而犯
　錯。‧‧‧‧‧‧‧‧‧‧‧‧‧‧‧‧‧‧‧‧‧‧ □ □ □ □

2.無法在功課、遊戲或一件事上持續注意力太久。‧‧‧‧‧ □ □ □ □

3.表現得像不注意聽別人對他(她)說話的樣子。‧‧‧‧‧‧ □ □ □ □

4.無法遵循指示，或是完成學校功課與其他指定的工作，但
　並不是故意反抗或聽不懂指示而無法完成的‧‧‧‧‧‧‧ □ □ □ □

5. 很難把事情或活動處理得有條有理。‧‧‧‧‧‧‧‧ □ □ □ □

6.對需要持續花心力的活動，會表現逃避或強烈的不喜歡‧‧ □ □ □ □

7.遺失(或遺忘)一些重要的東西(如作業、鉛筆、書本、文
　具或活動所需要的東西)。‧‧‧‧‧‧‧‧‧‧‧‧‧‧ □ □ □ □

8.容易為外界的刺激所干擾而分心。‧‧‧‧‧‧‧‧‧‧‧ □ □ □ □

9.忘記日常生活所需的事物。‧‧‧‧‧‧‧‧‧‧‧‧‧‧ □ □ □ □

10.手或腳動個不停，或在椅子上坐不住(身體蠕動不停)‧‧ □ □ □ □

11.在教室或其他需要被要求坐在固定位置的情境，仍會
　擅自離開位置。‧‧‧‧‧‧‧‧‧‧‧‧‧‧‧‧‧‧ □ □ □ □

12.表現出當時情境所不允許的到處亂跑或亂爬，
　(如果是青少年或成人，可能的表現是他個人主觀的
　　感覺，自己靜不下來)‧‧‧‧‧‧‧‧‧‧‧‧‧‧ □ □ □ □

13.無法安靜地參與一項遊戲或休閒活動。‧‧‧‧‧‧‧‧ □ □ □ □

14.非常多話 。‧‧‧‧‧‧‧‧‧‧‧‧‧‧‧‧‧‧‧‧‧ □ □ □ □

15.像裝有馬達或機器驅動似的，無法靜下來。‧‧‧‧‧‧ □ □ □ □

16.在問題還未被說完前，就把答案衝口而出。‧‧‧‧‧‧ □ □ □ □

17.無法耐心排隊等待、或在一項活動或遊戲和人輪流
　等自己的機會‧‧‧‧‧‧‧‧‧‧‧‧‧‧‧‧‧‧‧ □ □ □ □

18.干擾或打斷別人的談話或活動。‧‧‧‧‧‧‧‧‧‧‧‧ □ □ □ □

「過動問題行為評量表」計分說明

洪儷瑜 /國立台灣師範大學

症狀評量：

(一)不專注（注意力缺陷）：

　　1 到 9 題中至少六項被評量在經常如此、或總是如此者，且問題持續
　　六個月以上。

(二)過動－衝動：

　　10 到 18 題至少六項被評量在經常如此、或總是如此者，且問題持
續六個月以上。

診斷結果(採用 DSM-IV 的標準)

　符合條件者於方格內打勾"∨"

　症狀符合情形：　　□不專注　　□過動--衝動

　是否符合下列其他條件?

　□在七歲以前開始出現症狀。

　□上述症狀必須出現在兩個或兩個以上的情境(在學校、工作或家庭)

　□這些問題會妨害個人在社會、學業、或職業上的功能。

　　（如果有，適應困難有哪些？＿＿＿＿＿＿＿＿＿＿＿＿）

　□沒有普遍性發展遲緩、精神分裂、或其他精神異常、情緒異常、焦慮
　　異常、分離性異常、或人格異常等其他症狀。

診斷類型

　□注意力缺陷／過動症, 不專注型－如果過去六個月, 符合(一)症狀的
　　標準, 但不符合(二)的標準

　□注意力缺陷／過動症, 過動及衝動型－如果過去六個月, 符合(二)症
　　狀的標準, 但不符合(一)的標準

　□注意力缺陷／過動症, 綜合型－如果過去六個月, 符合(一)和(二)的標
　　準

　□注意力缺陷／過動症, 未特定型（對青少年以上或成人）--出現符合
　　（一）和（二）症狀標準, 但不符合其他標準。

　　□其他(＿＿＿＿＿＿＿＿＿＿＿＿＿＿＿＿＿＿)

附錄六

MFF-20 記錄紙與參考資料

受試姓名：＿＿＿＿＿＿　實足年齡：＿＿＿＿＿　測驗日期：＿＿＿＿＿＿

MFF — 20 記錄紙

		反應秒	第一	第二	第三	第四	第五	第六
例題一 (箱)	(4)							
例題二 (尺)	(6)							
1.楓　葉	(2)							
2.剪　刀	(1)							
3.太陽眼鏡	(3)							
4.牛　仔	(4)							
5.房　子	(1)							
6.usa 船艦	(2)							
7.葉　子	(6)							
8.怪公雞	(4)							
9.飛　機	(1)							
10.花	(5)							
11.船　艦	(2)							
12.帳　篷	(6)							
13.貓	(3)							
14.快　艇	(4)							
15.電　視	(1)							
16.鴨　子	(5)							
17.桌　燈	(6)							
18.衣　服	(3)							
19.玩具熊	(1)							
20.立式檯	(5)							

答案位置：1 2 3　　　　　　　　　　　主試姓名：＿＿＿＿＿＿
　　　　　4 5 6

MFF-20 之錯誤次數總和之各年齡平均數. 標準差

年齡	男生			女生			全部		
	N	平均數	標準差	N	平均數	標準差	N	平均數	標準差
5	94	23.15	7.53	127	21.5	6.64	221	22.20	7.06
6	245	18.58	7.17	198	17.17	7.08	443	17.96	7.16
7	215	15.00	6.68	246	14.25	6.10	461	14.60	6.38
8	214	13.05	6.32	194	11.66	5.77	408	12.39	6.10
9	252	9.48	5.74	311	8.82	5.63	563	9.12	5.69
10	108	7.31	4.62	119	7.33	5.23	227	7.32	4.94
11	147	8.39	4.82	150	7.47	4.45	297	7.92	4.65
12	118	8.00	4.85	108	8.05	4.43	226	8.02	4.64

取自 U.S.常模 (N=2846)

MFF-20 之反應平均秒數之各年齡平均數、標準差

年齡	男生			女生			全部		
	N	平均數	標準差	N	平均數	標準差	N	平均數	標準差
5	94	7.59	5.59	127	7.34	3.16	221	7.45	4.35
6	245	9.70	6.00	198	10.81	8.70	443	10.19	7.34
7	215	12.51	8.84	246	11.74	6.20	461	12.10	7.55
8	214	12.98	8.24	194	14.17	8.74	408	13.55	8.50
9	252	16.69	10.16	311	16.18	9.35	563	16.41	9.72
10	108	17.28	11.12	119	17.16	10.06	227	17.22	10.55
11	147	13.61	10.08	150	14.21	8.37	297	13.91	9.25
12	118	12.68	8.34	108	12.37	6.20	226	12.53	7.38

取自 U.S 常模 N=2846

附錄七

特殊教育法（86）

華總（一）義字第八六〇〇——二八二〇號公佈
中華民國八十六年五月十四日公佈

第 一 條　爲使身心障礙及資賦優異之國民，均有接受適性教育
之權利，充分發展身心潛能，培養健全人格，增進
服務社會能力，特制定本法。本法未規定者，依其
他有關法律之規定。

第 二 條　本法之主管教育行政機關，在中央爲教育部；在省(市)
爲省(市)政府教育廳(局)；在縣(市)爲縣(市)政府。
本法所定事項涉及各目的事業主管機關業務時，各機
關應配合辦理。

第 三 條　本法所稱身心障礙，係指因生理或心理之顯著障礙，致
需特殊教育和相關特殊教育服務措施之協助者。
本法所稱身心障礙，指具有下列情形之一者：

一. 智能障礙。
二. 視覺障礙。
三. 聽覺障礙。
四. 語言障礙。
五. 肢體障礙。
六. 身體病弱。
七. 嚴重情緒障礙。
八. 學習障礙。
九. 多重障礙。
十. 自閉症。
十一. 發展遲緩。
十二: 其他顯著障礙。

第 四 條　本法所稱資賦優異，係指在下列領域中有卓越潛能或傑出表現者：

一. 一般智能。
二. 學術性向。
三. 藝術才能。
四. 創造能力。
五. 領導才能。
六. 其他特殊才能。

第 五 條　特殊教育之課程、教材及教法，應保持彈性，適合學生身心特性及需要；其辦法，由中央主管教育行政機關定之。

對身心障礙學生，應配合其需要，進行有關復健、訓練治療。

第 六 條　各級主管教育行政機關為研究改進特殊教育課程、教材教法及教具之需要，應主動委託學術及特殊教育學校或特殊教育機構等相關單位進行研究。

中央主管教育行政機關應指定相關機關成立研究發展中心。

第 七 條　特殊教育之實施，分下列三階段：

一、學前教育階段，在醫院、家庭、幼稚園、托兒所、特殊幼稚園(班)　、特殊教育學校幼稚部或其他適當場所實施。

二、國民教育階段，在醫院、國民小學、國民中學、特殊教育學校(班)，或其他適當場所實施。

三、國民教育階段完成後，在高級中等以上學校、特殊教育學校(班)或醫院、其他成人教育機構等適當場所實施。

為因應特殊教育學校之教學需要，其教育階段及年級安排，應保持彈性。

第 八 條　學前教育及國民教育階段之特殊教育，由直轄市或縣(市)
　　　　　主管教育行政機關辦理爲原則。
　　　　　國民教育完成後之特殊教育，由各級主管教育行政
　　　　　機關辦理。
　　　　　各階段之特殊教育，除由政府辦理外，並鼓勵或委
　　　　　託民間辦理。主管教育行政機關對民間辦理特殊教
　　　　　育應優予獎助。其辦法，由中央主管教育行政機關
　　　　　定之。

第 九 條　各階段特殊教育之學生入學年齡及修業年限，對身心障
　　　　　礙國民，除依義務教育之年限規定辦理外，並應向
　　　　　下延伸至三歲，於本法公布施行六年內逐步完成。
　　　　　身心障礙學生因故休學者，得再延長其修業及復學
　　　　　年限。
　　　　　對於失學之身心障礙國民，各級政府應規劃實施免
　　　　　費之成人教育。
　　　　　對資賦優異者，得降低入學年齡或縮短修業年限，
　　　　　其辦法由中央主管教育行政機關定之。

第 十 條　爲執行特殊教育工作，各級主管教育行政機關應設專責
　　　　　單位，各級政府承辦特殊教育業務人員及特殊教育
　　　　　學校之主管人員，應優先任用相關專業人員。

第十一條　各師範校院應設特殊教育中心，負責協助其輔導區內特
　　　　　殊教育學生之鑑定、教學及輔導工作。
　　　　　大學校院設有教育院、系、所、學程或特殊教育系、
　　　　　所、學程者，鼓勵設特殊教育中心。

第十二條　直轄市及縣(市)主管教育行政機關應設特殊教育學生鑑
　　　　　定及就學輔導委員會，聘請衛生及有關機關代表、
　　　　　相關服務專業人員及學生家長代表爲委員，處理有
　　　　　關鑑定、安置及輔導事宜。有關之學生家長並得列
　　　　　席。

第十三條　各級學校應主動發掘學生特質，透過適當鑑定按身心發

展狀況及學習需要，輔導其就讀適當特殊教育學校(班)、普通學校相當班級或其他適當場所。身心障礙學生之教育安置，應以滿足學生學習需要爲前提下，最少限制的環境爲原則。直轄市及縣(市)主管教育行政機關應每年重新評估其教育安置之適當性。

第十四條　爲使就讀普通班之身心障礙兒童得到適當之安置與輔導，應訂定就讀普通班身心障礙學生之安置原則與輔導辦法，其辦法由各級主管教育行政機關訂定之。

爲使普通班老師得以兼顧身心障礙學生與其他學生之需要，身心障礙學生就讀之普通班減少班級人數，其辦法由各級主管教育行政機關定之。

第十五條　各級主管教育行政機關，應結合特殊教育機構及專業人員，提供普通學校輔導特殊教育學生之有關評量、教學及行政支援服務；其辦法，由中央主管教育行政機關定之。

第十六條　特殊教育學校(班)之設立，應力求普及，以小班、小校爲原則，並朝社區化方向發展。

少年監獄、少年輔育院、社會福利機構及醫療機構附設特殊教育班，應報請當地主管教育行政機關核准後辦理。

私立特殊教育學校，其設立標準，由中央主管教育行政機關定之。

第十七條　爲普及身心障礙兒童及青少年之學前教育、早期療育及職業教育，各級主管教育行政機關應妥當規畫加強推動師資培訓及在職訓練。

特殊教育學校(班)、特殊幼稚園(班)，應依實際需要置特殊教育教師、相關專業服務人員及助理人員。

特殊教育教師之資格及任用，依師資培育法及教育人員任用條例之規定；相關專業人員及助理人員之

遴用辦法,由中央主管教育行政機關定之。

特殊教育學校(班)、特殊幼稚園(班)設施之設置,應以適合個別化教學為原則,並提供無障礙之學習環境及適當之相關服務。

前二項人員及設施之設置標準,由中央主管教育行政機關定之。

第十八條　設有特殊教育系(所)之師範大學、師範學院或一般大學,為辦理特殊教育各項實驗研究,並供教學實習,得附設特殊教育學校(班)。

第十九條　接受國民教育以上之特殊教育學生,其品學兼優或有特殊表現者,各級政府應給予獎助;家境清寒者,應給予助學金、獎學金或教育補助費。

前項學生屬身心障礙者,各級政府應減免其學雜費,並依其家庭經濟狀況,給予個人必需之教科書及教育輔助器材。

身心障礙學生於接受國民教育時,無法自行上下學者,由各級政府免費提供交通工具;確有困難,無法提供者,補助其交通費。

前三項之獎助辦法,由各級政府定之。

第二十條　身心障礙學生,在特殊教育學校(班)修業期滿,依修業情形發給畢業證書或修業證書。

對失學之身心障礙國民,應擬定各級學校學力鑑定辦法及規劃實施成人教育辦法,其相關辦法由各級主管教育行政機關定之。

第廿一條　完成國民教育之身心障礙學生,依其志願報考各級學校或經主管教育行政機關甄試、保送或登記、分發進入各級學校,各級學校不得以身心障礙為由拒絕其入學;其升學輔導辦法,由中央主管教育行政機關定之。

各級學校入學試務單位應依考生障礙類型、程度,

提供考試適當服務措施，由各試務單位於考前訂定公告之。

第廿二條　身心障礙教育之診斷與教學工作，應以專業團隊合作進行為原則，集合衛生醫療、教育、社會福利、就業服務等專業共同提供課業學習、生活、就業轉銜等協助，身心障礙教育專業團隊設置與實施辦法由中央主管教育行政機關定之。

第廿三條　各級主管教育行政機關應每年定期舉辦特殊教育學生狀況調查及教育安置需求人口通報，出版統計年報，並依據實際需求規畫設立各級特殊學校(班)或其他身心障礙教育措施及教育資源的分配。以維護特殊教育學生接受適性教育之權利。

第廿四條　就讀特殊學校(班)及一般學校普通班之身心障礙者，學校應依據其學習及生活需要，提供無障礙環境、資源教室、錄音及報讀服務、提醒、手語翻譯、調頻助聽器、代抄筆記、盲用電腦、擴視機、放大鏡、點字書籍、生活協助、家長諮詢等必要之教育輔助器材及相關支持服務。其實施辦法由各級主管教育行政機關定之。

第廿五條　為提供身心障礙兒童及早接受療育之機會，各級政府應由醫療主管機關召集，結合醫療、教育、社政主管機關，共同規劃及辦理早期療育工作。對於就讀幼兒教育機構者，得發給教育補助費。

第廿六條　各級學校應提供特殊教育學生家庭包括資訊、諮詢、輔導、親職教育課程等支援服務，特殊教育學生家長至少一人為該校家長會委員。

第廿七條　各級學校應對每位身心障礙學生擬定個別化教育計劃，並邀請身心障礙學生家長參與其擬定及教育安置。

第廿八條　資賦優異學生經學力鑑定合格者，得以同等學力參加高
　　　　　一級學校入學考試或保送甄試升學；其辦法，由中
　　　　　央主管教育行政機關定之。
　　　　　縮短修業年限之資賦優異學生，其學籍及畢業資
　　　　　格，比照應屆畢業學生辦理。

第廿九條　資賦優異教學，應以結合社區資源、參與社區各類方案
　　　　　爲主，並得聘任具特殊專才者爲特約指導教師。
　　　　　各級學校對於身心障礙、及社經文化地位不利之資
　　　　　賦優異學生，應加強鑑定與輔導。

第三十條　各級政府應按年從寬編列特殊教育預算，在中央政府不
　　　　　得低於當年度教育主管預算的百分之三。在地方政
　　　　　府不得低於當年度教育主管預算的百分之五。
　　　　　地方政府編列預算時，應優先辦理身心障礙學生教
　　　　　育。
　　　　　中央政府爲均衡地方身心障礙教育之發展，應視需
　　　　　要補助地方人事及業務經費以辦理身心障礙教育。

第卅一條　各級主管教育行政機關爲促進特殊教育發展及處理各
　　　　　項權益申訴事宜，應聘請專家、學者、相關團體、
　　　　　機構及家長代表爲諮詢委員，並定期召開會議。
　　　　　爲保障特殊教育學生教育權利，應提供申訴服務，
　　　　　其服務設施辦法，由中央主管教育行政機關定之。

第卅二條　本法施行細則，由中央主管教育行政機關定之。

第卅三條　本法自公布日施行。

附錄八

ＡＤＨＤ相關資源

一‧美國聯邦政府補助設立之研究中心

（一）以介入爲研究重點

負責人：Dr.James Swanson
聯絡處：University of California-Irvine
19262 Jamboree Boulevard
Irvine, CA 92715
　電話：(714)856-8730

負責人：Dr.Tom Fiore
聯絡處：Research Triangle Institute
3040 Cornwallis Road
P.O.Box 12194
Research Triangle Park,
NC 27709
電話：(919)541-6004

（二）以評估和鑑定爲研究重點

負責人：Dr.James McKinney
聯絡處：University of Miami
P.O.Box 248065
Coral Gables, FL 33124
U.S.A.
電話：(305)284-5389

負責人：Dr.Roscoe Dykman
聯絡處：Department of Pediatrics
Arkansas Children's Hospital Research
Center
1120 Marshall Street
Little Rock, AR 72202-3591, U.S.A.
電話：(501)320-3333

（三）以混合教育爲研究重點

負責人：Dr.Larry Carlson
聯絡處：Federal Resource Center
　　　　University of Kentucky
　　　　314 Mineral Industuies Buiding
　　　　Lexington, KY 40506
電話：(606)257-1337

二·美國 ADHD 家長團體

CH.A.D.D.
Children With Attention
Deficit Disorders
499 N.W.70thAvenue,Suite 308
Plantation, FL 33317, U.S.A.
(305)587-3700

ADDA
Attention Deficit Disorder
Association
P.O.Box 488
West Newbury, MA 01895
U.S.A.

三·美國其他相關的家長、教育團體

ERIC 身心障礙和資優兒童
資訊交換
ERIC Clearinghouse for
Handicapped and Gifted Children
The Council for Exceptional
Children
1920 Association Drive
Reston, VA 22091, U.S.A.
　　(703)264-9474

美國學習障礙協會
LDA
Learning Disabilities
Association of America
4156 Library Road
Pittsburgh,PA 15234
U.S.A.
(412)341-1515

全國身心障礙兒童和青少年
資訊中心
NICHCY
National Information Center
for Children and Youth
with Handicaps
P.O. Box 1492
Washington, DC 20013, U.S.A.
1-(800)999-5599

全國身心障礙家長網路
NPND
National Parent Network on
Disabilities
1600 Prince Street,Suite 115
Alexandria,VA 22314
U.S.A.
(703)684-6763

全國學校心理學家協會
NASP
National Association of School
  Psychologists
8455 Colesvelle Road,Suite 1000
Silver Spring, MD 20910
(301)608-0500

資料來源: CEC(1992). Children with ADD: A shared responsibilty.
         Reston, Va, Author, p.33-34.

四、國內相關組織與資源

中華民國過動兒協會
台北市文山區興隆路二段 321 號 4 樓
電話：(02)8663-7393
傳真：(02)8663-7394
網址：
http://www.ionet.net.tw/~adhd

台北市學習障礙家長協會
台北市信義路三段 27 號 2 樓
電話：(02)2784-0109
網址：
http://web.cc.ntnu.edu.tw/
~t14010/tpld.htm

中華民國學習障礙協會
台中市西屯路三段西平南巷 1-30 號
  10F-3
電話：（04）461-3902
傳真：（04）461-0416

全國特殊教育資訊網
台北市和平東路一段 162 號
台灣師大特教中心
網址：
http://www.spc.ntnu.edu.tw/

洪儷瑜資訊網頁

http://web.cc.ntnu.edu.tw/~t14010/news.htm

五、國內有關書籍（適合一般人閱讀）

王意中編（民 87）：*認識注意力不足過動症--家長手冊*。中華民國過
　　動兒協會。

宋維村、侯育銘（民 85）：*過動兒的認識與治療*。台北市：正中書局。

何善欣譯（民 85）：*不聽話的孩子—過動兒的輔育與成長*。台北：商
　　周文化。

何善欣（民 87）：*最棒的過動兒*。台北市：心理出版社。

洪儷瑜、沈宜純主編（民 87）：*高雄縣過動學生輔導實例彙編*。高雄
　　縣政府。（有意者洽高雄縣政府教育局）

張美惠譯（民 86）：*ADD 兒童的世界—透視注意力不集中症*。台北市：
　　創意力文化出版社。

張美惠譯（民 83）：*家有過動兒*。台北市：創意力文化出版社。

英文名詞索引

A

C

D

E

J

Journal of Abnormal Child Psychology 兒童異常心理學雜誌，(2):30

Journal of Pediatric Psychology 小兒科心理學雜誌，(2):30

L

LD, learning disability 學習障礙，(2):34;(3):64

learning problem 學習問題，(3):61

learned helpless 習得無助感，(1):14

low forceps delivery 低位鉗生產，(4):77

M

MAS, Motivation Assessment Scale 機動評估表，(1):18,20

maximal neurologic confusion 神經學迷惑，(2):29

MBD, minimal brain dysfunction 輕微腦功能損傷，(2):27

MFFT,matching familiar figures test 選擇相同圖形測驗，(5):116,125

O

ODD,Oppositional Defiant Disorder 對立性反抗行為異常，(3):65

OHI,other health impaired 其他健康缺陷，(2):45;(7):183

P

PAL,Paired-Associate Learning Test 配對學習測驗，(3):59

PGARD,Professional Group for ADD and Related Disorder 和 ADD 相關疾病的專業團體，(7):183

PET-scan, Positron Emission Tomography 陽離子斷層掃瞄，(4):76,86

physicians 醫生，(5):97

postencephalitic behavior disorder 腦炎後行為異常，(2):26

primary symptoms 首要症狀、原始問題，(3):68;(5):122

Porteus Maze Test 波特斯迷津測驗，(3):59

positive school climate 學校正向的氣氛，(7):199

psychologists 心理學家，(5):97

W

Y

國家圖書館出版品預行編目（CIP）資料

ADHD 學生的教育與輔導／洪儷瑜著.
--初版.-- 臺北市：心理, 1998（民 87）
面；　公分.--（障礙教育系列；63024）
參考書目：面
含索引
ISBN 978-957-702-265-3（平裝）

1. 特殊教育　2. 過動兒—教育

529.6　　　　　　　　　　　88000144

障礙教育系列 63024

ADHD 學生的教育與輔導

作　　者：洪儷瑜
執行編輯：陳文玲
總 編 輯：林敬堯
發 行 人：洪有義
出 版 者：心理出版社股份有限公司
地　　址：231026 新北市新店區光明街 288 號 7 樓
電　　話：(02) 29150566
傳　　真：(02) 29152928
郵撥帳號：19293172　心理出版社股份有限公司
網　　址：https://www.psy.com.tw
電子信箱：psychoco@ms15.hinet.net
初版一刷：1998 年 5 月
初版二十刷：2023 年 2 月
Ｉ Ｓ Ｂ Ｎ：978-957-702-265-3
定　　價：新台幣 300 元